Illustration©Ciel
……あっ……何かが入ってくるっ……」
ハラズリの宝玉だ。二つほど挿れておいた。
お前のここを広げておけば、
受け入れるときもそんなに痛くないはずだ」

Tiara Label

ティアラ文庫

皇帝の求婚

恋は淫らな儀式から

ゆりの菜櫻

presented by Nao Yurino

プランタン出版

イラスト／Ciel

目次

※本作品の内容はすべてフィクションです。

プロローグ　私を花嫁にする人は？

「シスター、私に王子様は来ないの？」

ジュリアは神学校の教育係、アイリスの修道服の袖《そで》を引っ張った。

「ええ、私たち、リーフェ聖教皇女領国《せいきょうこうじょりょうごく》の女性には王子様は来ないのよ。その代わり神様が花嫁にしてくださるの」

「神様が？」

ジュリアの大きな緑の瞳がさらに大きく見開かれる。その様子を見ながらアイリスは優しい笑みを浮かべた。

「ええ、だから私たちはとても幸せなのよ」

「とても幸せ……？」

「でも時々、王子様が現れる人もいるわ」

「え？　どうして」

「十七歳以上になったら、年に二回の聖月祭《せいげつさい》のお役目が回ってくるかもしれないでしょ。そこで出会った人と結婚する場合があるのよ。でも、このときはこのリーフェから出て行かなければならないのよ」

ジュリアは今十歳だ。十七歳まではまだあと七年ある。

「出て行く？　そうしたらシスターにはもちろんのこと、枢機卿《すうききょう》様や聖教皇女様に二度とお会いできないのですか？」

「会えなくなることはないけど、会いにくくはなるわね。それに、ジュリアがそうした役に就《つ》くこともできなくなるわ」

「そんな……」

ジュリアは震え上がった。この美しい国や、優しい聖教皇女や枢機卿の方々に毎日会えないなんて思うだけでも辛い。

ジュリアはアイリスのスカートに顔を埋めた。

「なら、私、王子様なんて来なくていい。ずっとここにいたい」

「大丈夫よ。そういう人は本当に少ないから。ジュリアの成績なら、良き聖教皇女候補になれるはずだから、心配しなくてもいいわ」

アイリス優しくジュリアの髪を撫でてくれたのだった。

第一章　英傑帝に抱きとめられて

今宵《こよい》から二週間、聖月祭が催《もよお》される。

ジュリアは落ち葉で黄金色に染まった石畳《いしだたみ》の道を、聖教皇女宮殿の窓からそっと見下ろしていた。

ここ、リーフェ聖教皇女領国は、女性だけの聖職者の国だ。

三つの国と隣接し、国としての広さは農村ほどしかない。周囲を城壁に囲まれた小さな城塞《じょうさい》都市国家である。

しかし、たとえ国が小さくとも侮ってはいけない。リーフェは信仰という力で、国境という枠《わく》を越え、大陸全土を支配する大国家とも言えるからだ。

その政治の中枢を担うのは、聖教皇女という大陸の守護神の巫女《みこ》とされる女性で、その下に司教や司祭で構成される大部会を従えている。この女性による組織は強大で、各国の君主でさえも強く出ることができないほどの力を持っていた。

そしてそんなリーフェと各国の要人が友好的関係を結ぶ絶好の機会が、聖月祭という行事になる。多くの選ばれた男性が、神の加護を得るために、年に二回催されるこの行事に参加するのだ。

聖月祭――。それはリーフェの女性にとって大切な期間である。

リーフェには女性しかいないゆえに、当番制で年に二回、二週間という期間を設け、他国の優れた男性と褥《しとね》を共にし、子作りに励むことが義務付けられている。それを聖なる月、聖月祭と称し、リーフェで最も神聖な行事の一つとして、粛々《しゅくしゅく》と執り行われている。

生まれた子供が、女の子であればリーフェに留まり、男の子であれば神の落とし子として父親の国に贈られることになっていた。

女性だけの国、リーフェ聖教皇女領国にとっては、聖月祭は未来を担う子供を授かる大切な行事であった。

ジュリアが窓から景色を眺めていると、背後から声を掛けられた。

「ジュリア司祭様、本当に宜しいのでしょうか？」

ジュリアの身の回りの世話をする修道女が心配そうな表情で尋ねてくる。

「大丈夫です。聖月祭は大切なお役目の一つです。私が代わりに果たします」

「ですが……」

修道女はそう言いながら、ベッドで伏し、目を真っ赤に泣き腫《は》らした少女を横目でちらりと見つめた。

アンナという少女だ。今年十七歳になり、初めて聖月祭の大役を果たすことになった。ジュリアが指導する修道女の一人である。

しかし、アンナは実年齢よりもいろいろと幼く、とてもこの大役を務められそうにもなかった。案の定、彼女は思い悩んで衰弱《すいじゃく》してしまい、こうやってベッドから起き上がるのも大変なほどになってしまっていた。

ジュリアは今年、十八歳で、その優秀な成績と美しい容姿により、次期聖教皇女候補の一人として司祭となっていた。いわゆるエリート候補生である。

また金の司祭様と呼ばれ、多くの修道女からも慕われていた。

金の糸で紡《つむ》がれたような美しい髪は太陽の光に照らされてきらきらと輝き、白くしなやかな四肢はビスクドールのように滑らかな肌に覆われている。理知的な顔立ちに、深い森の奥にひっそりと佇《たたず》む湖のようなエメラルドグリーンの瞳が印象的な美少女である。

まさに次期聖教皇女候補の一人として相応《ふさわ》しく、他の候補生と同様に、日々厳しい戒律《かいりつ》の中、清貧を胸に生活をしている。

現在は司祭の役目の他に、多くの修道女の指導もしていた。

司祭や司教の地位に就くと、身の回りの世話を任せる修道女が、その階級に応じて、聖教皇女大部会より数名から十数名、配属される。

彼女らは司祭、司教の下に就くことで、その後見人になってもらい、聖教皇女宮殿内の派閥に属することになる。

ジュリアも例外ではなく、彼女らに身の回りの世話をお願いしつつ、後見人になっていた。そのため、今回のアンナの件は、後見人であるジュリアが処理しなければならない案件だったのである。

「大丈夫です。現聖教皇女様も、何度も聖月祭のお役目を果たされました。私もいずれは役目が回ってくるのですから、構いません」

「申し訳ございません！　ジュリア司祭様」

アンナが真っ青な顔をしながらも懸命に謝ってきた。自分よりも大きな男に、躰《からだ》を自由にされるなど、とてもでないがこの少女には耐えられないだろう。かくいうジュリアでさえ、本当は足が竦《すく》むほど怖い。

しかし主の足元に辿り着くまでには、どんな試練も乗り越えなければならないことも、よく理解している。

見知らぬ男とはいえ、リーフェの女性に無体なことはしないはずだ。リーフェの女性は神の寵愛《ちようあい》を受ける身であり、何か暴行を加えたら、その人物は神から災《わざわ》いを受けるとも言われているからだ。

逆に神の国とも言われるリーフェの女性と情を交わした者は、その一年、運気隆盛となり、神のご加護を一身に受けると言われ、各国から選ばれた勇猛な騎士や、はたまた一国の君主までもが、名乗りをあげてやってくるほどである。

またリーフェ側からも優秀な子種が欲しいがために、優良な男性に参加を願うときもある。そうした場合は聖教皇女の招待した賓客《ひんきやく》として、高待遇で迎え入れる。

ともあれ、この神の棲《す》まう国、リーフェの繁栄のために、子供を作るのは大切な役目であり、神聖な行事でもあった。ジュリアが断る理由はない。

処女である場合、リーフェ側の配慮で、高貴で穏やかな男性をあてがうようになっている。ジュリアが候補になっても、その配慮はされるはずだ。

大丈夫……。男の方と褥を共にするのも二週間、聖月祭の間だけのこと。

ジュリアは自分にそう言い聞かせ、アンナを心配させないように、笑顔を浮かべた。

「ジュリア司祭様、供も連れずにどちらへ！」

ジュリアが馬に跨《また》ると同時に、厩舎《きゆうしや》から声がする。司祭という立場になると、いろんな場所で皆から見られており、極秘に行動するということは、ほぼ無理だ。

今もジュリアはそっと宮殿を抜け出すつもりであったのに、すぐに見つかってしまった。

「荘園《しようえん》に行ってきます。すぐに戻るから一緒に来なくてもいいわ」

そう言わなければ、今にでもついてきそうな修道女を振り切って馬を走らせた。

今夜、引き合わせられる男性がどんな人なのかはわからないが、気持ちを落ち着かせるためにも荘園にあるハーブ園で、リラックスできるハーブを探しに行こうと思ったのだ。

……供の者なんて連れていったら、気を遣《つか》うし。

司祭という地位のため、極力大人ぶって過ごしているが、ジュリアだって十八歳の娘である。一人になりたいときもある。それに今夜のことを考えると、気が高ぶって冷静でいられない。そんな姿を司祭であるジュリアが下の者に見せるわけにもいかなかった。

「リーフェのため。リーフェの聖職者なら誰もが通る道。私だけじゃない……」

自分に言い聞かせながら目をきつく瞑《つむ》った。その一瞬だった。道をイタチか何かが突然横切った。馬が驚いて前脚を高く上げて立ち上がる。

「きゃあっ！」

馬の首にしがみつく。そして首筋をそっと撫でながら、馬を落ち着かせた。

「大丈夫、大丈夫よ。落ち着いて」

だが、それでもなかなか興奮が収まらない馬が大きく躰を震わせた途端、ジュリアの手から手綱《たづな》が離れてしまい、そのまま馬から落ち――、

「危ないっ！」

誰かの声が響いたかと思った瞬間、ジュリアは見知らぬ男性に抱きとめられていた。

「え……」

いきなり現れた男に驚くしかない。ここはリーフェ聖教皇女領国だ。男性がいるのは稀《まれ》なことだ。

「ありがとうござ……」

目の前にあった男の顔に思わず見惚《みと》れてしまう。

漆黒の髪に意志の強そうなきりりとした眉。そしてその下には、宝石のルビーのような紅い瞳。少しノーブルで冷たささえ感じられる容貌だが、甘い二重のお陰で、鋭さに色気が足されている。

物腰は気品に溢れているが、躰は鍛えられているようで、腰の位置も高く、肩幅もしっ

かりあり、名のある騎士のような感じがした。

今宵から始まる聖月祭に参加するのだろう。

高貴な出自なのは見てわかるが、彼にはどこか野性味を帯びたところもあった。まるで獰猛《どうもう》さと優雅さが同居しているとでも言うのだろうか。

男がしたたかに隠す野性の素顔が見え隠れする。どんなに洗練されていても『雄《おす》』というセックスアピールが強い男だった。

怖い……。

見惚れてはみたものの、そんな思いがジュリアの胸に広がる。

「あの……ありがとうございます。降ろしていただけますか？」

ジュリアはいつまでも抱き締められているのが恥ずかしくなり、俯《うつむ》いて願った。だが男はジュリアを抱いたまま、放そうとしない。

「お前は宮殿の修道女か？」

「……はい」

「ふーん……襟元に飾られている、天秤と麦の穂をモチーフにしたその水晶のブローチは、上級職がつけるものであろう？」

男が目敏《めざと》く、ジュリアのブローチに気が付いたようだ。

もしかしたら、聖教皇女様が招待した賓客の一人かもしれない。

「あ、はい。申し遅れました。私は司祭をしております。ジュリアと申します」

「ジュリアか」

男はようやくジュリアを地面に降ろすと、不躾《ぶしつけ》にジュリアを見つめてきた。

なにかしら？　この人……。

思わずその視線に不快感を覚えた。しかし文句を言おうにも相手が誰なのかわからないので、下手なことも言えない。

もしこの人が聖教皇女様の賓客なら、問題を起こしたくないし、どうしよう……。

「あの……あなたは……」

口を開いた途端、馬のいななきが聞こえた。すぐ近くの川で、馬が水を飲んでいる。どうやらこの男の馬らしい。ここで水を飲ませていたときにジュリアが落馬しそうになったのを見て、走ってきてくれたのだろう。

「お前の馬はどこかに走っていってしまったようだな」

「大丈夫です。たぶんすぐに戻ってきてくれると思います」

「そうか、それなら心配はいらないな」

「あの、あなたのお名前……」

「こちらにいらしたのですね」

ジュリアが男に名前を尋ねようとしたときだった。もう一人、別の男が馬に乗って現れた。この男も身なりから、やはり出自のよさが窺《うかが》われる。

「お一人で先に行かれては困ります。いくら安全なリーフェ聖教皇女領国といえども……っと、こちらのご婦人は？」

新たに来た男は、ジュリアの存在にようやく気付いたようで、視線をジュリアに投げかけてきた。

「ジュリア司祭だそうだ。ニコル、私はコレでいい。女狐《めぎつね》にそう伝えておけ」

「コレって……」

ジュリアは自分を指差して『コレ』と告げる男を見上げた。しかも女狐とは一体誰のことを差すのだろうと、首を傾《かし》げると、すぐにその答えがニコルと呼ばれた男によって明かされた。

「間違っても、この国に入りましたら、フェリシア聖教皇女のことを女狐とは言われませんように」

「な……」

よりによって慈悲《じひ》深く、現世で今一番の神の寵愛を受けていると言われているフェリシア聖教皇女のことを女狐とたとえるとは、とてもでないが許せない。

「謝ってください！　フェリシア聖教皇女様は、近年稀に見る優れたお方です。あの方を侮辱《ぶじょく》なさったら、私が許しません！　謝ってください」

「まったく、キイキイと煩《うるさ》いな。男に飢《う》えている女というのはヒステリーなものだ。品よく黙っていれば少しは賢く見えるものを」

見下したように言われる。

「失礼な！」

ジュリアが怒りを露にすると、男は双眸《そうぼう》を細め、鼻で笑った。

「まあ、それも仕方のないことか。何しろ男日照りで、一年に二回の祭りのときにしかセックスができない不遇な人生だ。飢えに飢えて、ヒステリーになるのも詮方《せんかた》ないこと。それもまた理解してやらねばならぬのか」

「飢えてはいませんし、ヒステリーでもありません。ましてや、理解してやるとも言われたくはありません」

「生意気な女だな。後で私にそんな口を利いたことを後悔するぞ？」

「あなたこそ、初対面の人間を侮辱したのですから、神に懺悔《ざんげ》すべきです」

こんな失礼な男がこの国に入ってきたことさえ許しがたいのに、さらに聖月祭に参加するとは、神も恐ろしい苦行を用意されたものだと、ある意味感心するしかない。

いくら務めだとしても、この男の相手など絶対したくない。自分だけじゃない。この国の信心深い優しき女性たちの誰一人、この男の相手をさせたくない。

聖教皇女様のことを女狐と言う男が、賓客なわけがない。聖教皇女様にお願いして、この男は外してもらわなければ――。

ジュリアはそう心に決めながらも、目の前の男を睨《にら》み続けた。だが男はジュリアの視線など微塵《みじん》にも苦痛に思わない様子で、人の悪い笑みを浮かべた。

「まあいいだろう。後が楽しみだ。山猿を調教するのも一興。皇帝たるもの、どんな山猿でも、寛大な心で接しなければならないからな」

「私は山猿ではありま……え？　皇帝？」

皇帝――っ!?

悲鳴が出そうになるのをどうにか堪《こら》える。ジュリアは両手で口許を押さえて、目の前にいる、顔はいいが性格に問題有りの傍若無人《ぼうじゃくぶじん》としか思えない男をまじまじと見つめた。

高貴な男性だとは思ったけど、よりによって皇帝だなんて……。

「そろそろお時間が……」

ニコルに促され、男が踵《きびす》を返す。彼の異国の血を色濃く表す黒髪が、光の中でも充分な存在感を示す。

男が口笛を鳴らすと、川辺にいた馬が走り寄ってくる。それに跨ると、一度もジュリアを振り返ることなく、男は宮殿のほうへと向かっていった。

「な……なんなの、あの人」

結局名前を聞くことはできなかった。君主が聖月祭に参加するのは、そんなに珍しいことではないが人数は少ない。一回の祭りに対して、一人か二人だ。

聖月祭が始まれば、自ずと彼の名前を耳にするだろう。

彼は自分を指名するようなことを口にしていたが、ジュリアは処女だ。慣例により、処女の場合は、リーフェ側の配慮で、高貴で穏やかな男性をあてがうようになっている。あの男がその『穏やか』という規定に当てはまるとは思えないし、最悪、ジュリア側から相手を選ぶことも許される。

あの男を聖月祭のパートナーに選ぶことは絶対しないわ。

だからあの男の望みは叶わない。

ちょっとだけ胸がすっとした。

「でも、どこの国の人なのかしら……」

皇帝といったら、すぐ隣のサバラン帝国を思い浮かべるが、あそこの皇帝が今まで聖月祭に参加することはなかった。あとは少し遠いが、リノゼイ帝国とか、シーシェル帝国など思い当たるが、いずれにしても大きな帝国であることは間違いない。

好奇心も手伝って、ジュリアはその男の後ろ姿が見えなくなるまで見つめ続けた。

◆◆◆

荘園から帰り、夕食を済ませた後、ジュリアは持ち帰ったハーブを湯船に浮かべ、躰を清めた。

その後、いつもと違う特別な真っ白な衣装を身につけ、今宵から始まる聖月祭の準備をしていると、聖教皇女の秘書官に呼ばれた。

「ジュリア司祭、広間に行かれる前に、聖教皇女様のところへお寄りいただきますように」

今宵から始まる聖月祭に参加する男女は、まず広間に集められる。そこでこの二週間、パートナーとして過ごす相手が決められるのだ。

ジュリアも例外ではない。まずは広間に行くつもりだった。

きっと、聖月祭の心得をご教授くださるんだわ……。

ジュリアの場合は処女だ。役目を担う他の女性たちと違って、伝えるべき内容はいくらでもあるのだろう。

しかもジュリアは今日、突然代役として責務を担うことが決まり、何も教育を受けていない。閨房術《けいぼうじゅつ》の授業も受けていなければ、男女の営みについてはほとんど無知に近かった。

今さらながら逃げ出したくなるのを、ぐっと堪える。

司祭として、きちんとこの聖月祭の役目を果たさなければならないのだから。

聖月祭の時刻が近づくにつれ、その緊張と恐怖からジュリアの鼓動も一段と激しさを増す。

ジュリアは秘書官に導かれるまま、聖教皇女の執務室へと顔を出した。

通された執務室は、柔らかな色彩で統一された落ち着いた部屋だ。今はまだ使われていないが、冬になると活躍する美しい大理石のマントルピースがあり、厳粛《げんしゅく》な雰囲気を醸《かも》し出している。

「聖教皇女様、ジュリア司祭がいらっしゃいました」

秘書官が声をかけると、それまで机に向かって書類にサインをしていた聖教皇女、フェリシアが顔をあげる。

「ジュリア司祭、急に呼びたててしまって、ごめんなさい」

フェリシアはそう言いながら椅子から立ち上がり、ジュリアの傍《そば》までやってきた。ジュリアは慌てて膝を折り、彼女の手の甲に唇を寄せ挨拶をする。

「少し困ったことが起きてしまったの」

「……困った、ことですか？」

ジュリアがフェリシアの顔を見上げると、彼女の美しい顔が俄《にわ》かに歪《ゆが》んでいる。

「ジュリア司祭、あなたはサバラン帝国のキース帝をご存知ですか？」

「サバラン帝国……」

サバラン帝国とは、大陸の覇者《はしゃ》とまで呼ばれる大帝国だ。強大な軍事力を持ち、領土を次々と広げていると聞いている。そこの頂点に立つのが、『英傑帝《えいけつてい》』と名高いキースだ。

噂では、冷徹でかなりの野心家らしい。前帝だった父を自ら死に追いやったとも聞く。

一方、彼の戦歴は華々しい。彼の世になってから、リバラン帝国は領土を広げ、現在史上最大の面積を誇るということだ。

さらに統率のとれた軍隊は各国でも垂涎《すいぜん》の代物であるらしいし、彼自身のカリスマ性も高いと聞く。世の人が彼を『英傑帝』と呼ぶのもそれに相応しいからだろう。

しかし噂を聞くだけだと、いずれにしても、冷酷である男には違いない気がする。

「噂程度には知っております」

「そう……。噂は噂に過ぎないのですが、その様子だとあまりいい印象は持っていないようですね」

「はい……申し訳ございません」

ジュリアは正直に答えた。ここで嘘を吐《つ》いても仕方のないことだ。

「この国にいると、実際、噂話しか耳には入りませんから、それも致し方ないことかもしれませんね」

フェリシアが何を言いたいのかよくわからず、ジュリアは不安になった。それと同時に、ジュリアの鼓動が早鐘《はやがね》のように激しく打ち始める。

どうしても嫌な予感が拭《ぬぐ》いきれない。

何もないはずなのに、何故《なぜ》こんなに心が騒ぐのかしら……。

「実は今夜から始まる聖月祭に、キース帝からあなたを所望したいとの申し出がありました」

「キース帝から！」

恐怖で震え上がる。そんな黒い噂が絶えない御仁《ごじん》と褥を共にするなど、とてもでないができない。

ジュリアは慌てて断った。

「慣例でしたら、私からパートナーを選ぶこともできるはずです。どうか、お断りください」

「キース帝はこちらから招待した御仁。何度も断られていたのを、今回やっと承諾してくださったこともあり、格別の計らいをせねばなりません。断ることも難しいかと……」

フェリシアの優しげな笑みが翳《かげ》る。リーフェにとってサバラン帝国がかなり重要な国であることは、その様子からも明らかだった。

「ですが……そんな恐ろしい方とご一緒するのは……」

「噂されるような御仁ではないかもしれませんよ？　噂に惑わされるのは聖職者としてはあまり感心できません。ジュリア司祭」

「申し訳ありません」

ジュリアは視線を伏せた。その通りだ。皇帝という位まで極めた男だ。人としての器も大きいのかもしれない。噂は噂で、いいことよりも悪いもののほうが先行するのは、よくあることだ。

キース帝……昼間に会った人かしら……？

黒髪に紅い瞳が印象的な男性だった。しかし、そんなに残忍な人間には見えなかった。

「あの、聖教皇女様、今回の聖月祭には、皇帝はキース帝しかいらっしゃらないのでしょうか？　他に皇帝とおっしゃる方は……」

「キース帝、お一人ですよ。それが？」

「いえ……」

やっぱりあの男の人だわ……。

しばらくジュリアが黙っていると、フェリシアがそっと話を続けてきた。

「ジュリア司祭の気持ちも理解できます。わたくしも本当はマーシェル王国の宰相様《さいしょう》に司祭の初めての儀式をお願いしようと思っていたところでしたから……」

フェリシアが小さく溜息を吐いた。

マーシェル王国の宰相は、思慮深く穏やかな御仁だ。

この宰相もこちらから招待し、長くリーフェの聖月祭に参加してもらっている。処女を相手にも丁寧に優しく接してくれ、決して無理強《じ》いをしない理性ある紳士である。

ジュリアも初めてのパートナーは、宰相のような男性がよかった。

「ジュリア司祭は今日突然代理として参加することが決まったので、閨房術をまったく知らないと、一度は断ってはみたのですが、皇帝はそれでもよいとおっしゃって……」

本来なら聖月祭に初めて参加する女性はみな、閨房術なるものを習うことになる。どうやったら男性が悦《よろこ》ぶのかとか、子種をいかに早く得られるようにするのかとか。要するに効率よく相手側に射精してもらう方法など、具体的に授業が行われる。

ジュリアたちにとって、これは愛の行為である前に、聖なる行い、新しい命を授かる儀式として神聖化されており、誰もが手練手管《てれんてくだ》に長《た》けた美女となり、この儀式に臨んでいた。

実は聖月祭は新しい命の誕生を得る聖なる儀式の意味を持つ他に、政治的戦略が含まれているのもあるからだ。

各国の主要人物たちをリーフェの女性の虜《とりこ》にさせ、そこから情報を盗み出すようなスパイ活動をしたり、また、愛する女性のいる国を侵略しようと彼らに思わせないようにする心情の駆け引きなども兼ねているのだ。

この女性ばかりの聖職者の国が、長い間独立できているのも、神のご加護と、こうした駆け引きの賜物《たまもの》なのである。

しかしジュリアはそういった教育を受けていない。あくまでも裏事情なので、聖月祭の役目を担うことが決まった女性にだけ、男を虜にする閨房術を具体的に教えられるのだ。

「サバラン帝国は大陸最大級の帝国。しかもこのリーフェと隣接する三つの国の一つ。リーフェ側としても、本音を言えば、英傑帝と名高いキース帝と、どうにか友好的な関係を持ちたいという下心もあります」

大陸最大級の帝国だ。軍事力も優れているのだから、リーフェとしては味方につけておきたい事情は、ジュリアでも充分わかる。

ジュリアは震える睫《まつげ》を伏せた。自分の我《わ》が儘《まま》だけでリーフェを不利な立場にはできない。

「ジュリア司祭、無理は承知ではありますが、どうかサバラン帝国との架け橋になってほしいのです。エリート候補生として若くして司祭になったあなたです。きっと、キース帝を虜にできると信じております」

「と、虜に……」

頬がカッと熱くなる。

「ベッドでのマナーが不充分なことは相手に伝えてあります。それでもいいと向こうが言うのにも、何か考えがあるのかもしれません」

フェリシアの真摯《しんし》な瞳がジュリアに注がれる。そして一呼吸置いた後、フェリシアは言葉を続けた。

「ジュリア司祭、英傑帝をあなたの手で御《ぎょ》してみせてはくれませんか?」

「せ、聖教皇女様……」

フェリシアから、リーフェで生きる女のしたたかさを強く感じる。

男を手玉にとり、神の棲まう国の平和を護《まも》ることに重きを置く。多少の罪悪感を覚えるが、それはこの大陸全土から神の威光が消えないようにするためだと自分に言い聞かせている。代々、リーフェの女性に課された役目の一つだ

「……わかりました。私の力がどこまで通用するか不安ですが、この聖月祭、キース帝をパートナーとして過ごしてみることに致します。そしてできることなら、この皇帝の御心を手にいれ、リーフェの繁栄に貢献できるよう、誠心誠意、尽くしてみます」

瞼《まぶた》の裏に昼間の男の顔が浮ぶ。傲岸不遜《ごうがんふそん》が服を着て歩いているような男だった。

あの男と二週間も共に過ごし、肌を重ねなければならないのかと思うと、逃げ出したくなる。しかし、どんな苦難も乗り越えてこそ、真の聖職者となれるのだから、これもその修行の一つだと思い、耐えるしかないのだろう。

「ジュリア司祭、ありがとう。あなたならきっと素晴らしい成果を上げてくれると信じています。リーフェ聖教皇女領国だけでなく、世界が平和であるために――」

争いのない国にするために――。

キース帝と親密な関係になれば、サバラン帝国と平和同盟を結ぶことも可能だろう。それは彼らの脅威《きょうい》からリーフェを守ることも意味する。強敵は味方につけるのが一番なのだから。

「あなたに神のご加護を」

フェリシアがジュリアの額に唇を寄せる。ジュリアは身を屈《かが》め、その唇を受け止めた。

「あなたは広間には行かず、直接キース帝の部屋へと行ってもらいます。ミリアを同行させますので、彼女と一緒に早速部屋へと向かってください」

「……はい」

いよいよ聖月祭が始まる。ジュリアは胸に当てた拳《こぶし》をさらに強く握った。

もう逃げられないわ――。

迷いを捨て覚悟を決める。するとジュリアの胸にあてた拳に、フェリシアの手がそっと触れた。ジュリアに勇気を与えるかのように、そのまま優しく包み込む。

「ジュリア司祭、何かあったら、連絡をしてください。あなたからの連絡はすぐにわたくしに通るようにしておきます」

「ありがとうございます」

ジュリアは一礼して、そのまま聖教皇女の執務室を後にしたのだった。

第二章　淫らな儀式で感じた愉悦は

聖教皇女の宮殿敷地内の奥にある建物が、キース率いるサバラン帝国の使節団用にあてがわれていた。

ここで二週間、キースらは、神の加護を得るために滞在する。

今まではそんな迷信など莫迦《ばか》らしいと袖にしていたのだが、今回はいろいろとあり、この聖月祭の招待に応じることにしたのだ。

今や、サバラン帝国は大陸最大級の国土を誇る。しかし大きくなると統治も難しくなり、叔父も含め、野心ある者などが現れ、隙あらば謀反《むほん》を起こそうと虎視《こし》眈々《たんたん》と機会を狙っているのも事実だ。

また国境沿いでは、領主らが独立しようと、反乱分子となって蜂起《ほうき》したりし、何かと騒がしくなってきていた。

叔父も領主らも、それぞれ私利私欲に走り、自分の帝国を造ろうとしているのだが、国民の生活のことを第一に考えていない彼らに、帝位を譲る気はない。

そこで、キースはわざと城を留守にすることにした。

叔父や反乱分子がキースの不在をいいことに、何かしら仕掛けてくるのを待つためだ。キースのほうが大きな罠《わな》を仕掛けていることに気付かず、彼らが攻撃をしてくれば、大義名分を手に一網打尽にできる。

何を理由に城を離れようか考えていたときに、タイミングよく、リーフェ聖教皇女領国から聖月祭の招待状が届いた。さらに臣下が帝国内の不穏な動きを憂《うれ》い、キースに神の加護を得るために、この招待を受けてはどうかと進言してきたのも都合がよかった。

キースも臣下に請《こ》われて仕方なくという立場がとれて、敵対勢力から不自然に思われないでも済む。

美しく慈愛に満ち溢れていると、巷《ちまた》では言われているフェリシア聖教皇女が、実は食えない女狐であることは、とうに見抜いている。あの優雅な笑みの裏に、数々の謀略が眠っているのは言うまでもない。

あの女狐の思う通りに動くのは癪《しゃく》ではあったが、『女にうつつを抜かす皇帝』という役柄が、不穏分子を騙《だま》すにはうってつけなこともあり、今回は折れることにした。

だが、やはり不満は残る。

無理難題を一つくらい出したくなるのは仕方ないことだ。

キースはそれをジュリアという司祭を強引に所望することで、フェリシアにささやかな意趣返しをした。

案の定、申し出たとき、フェリシアは相当困惑した表情を見せた。それを目にし、少しだけキースの溜飲が下がった。

あの少女にとってはいい迷惑かもしれないが、昼間に出会ったのが運のつきだ。しばらく付き合ってもらうことにする。

それに——。

それに本当は彼女が馬に乗って駆けてきたときから、目に留まっていた。

綺麗な少女だと思いながら見ていたら、馬が暴れ出したので、いち早く助けに行けたのだ。そうでなければ、馬から落ちるところを受け止めるなど、できはしない。

まず、外見に目を惹《ひ》かれた。あとキース相手に歯向かう女など今まで見たことがなかったので、少し興味もある。

久々に高揚した気分が胸の奥から込み上げてくるのを否めない。

このざわめくような想いはなんだろうか――?

キースは軽く首を振った。今考えて答えを出しては興醒めだ。聖月祭の間に、ゆっくりと紐《ひも》解いていくように理解していけばいい。

「二週間の逢瀬《おうせ》だ。どうせなら愉しい二週間にせねばな」

「何か仰いましたか?」

部屋で身の回りの調度品を整えていたニコルが、キースの小さな独り言を聞き逃さなかったようだ。不思議そうな顔をして、豪奢《ごうしゃ》なカウチに身を預けるキースを見つめてきた。

「なんでもない。今から聖月祭が愉しみだと言っただけだ」

その言葉に、ニコルの表情が歪む。

「皇帝よ、あくまでも振りだけですよ。不穏分子を騙すのが目的ですから。本当に腑《ふ》抜けになりませんように」

思いも寄らない諫言《かんげん》に、キースは片眉を小さく跳ね上げた。

「私が腑抜けになるとでも?」

世話役のニコルはキースの乳兄弟ということもあり、かなり踏み入ったことでも口にできる立場だ。キースもまたニコルを実の兄弟のように思い、信頼している。

「ジュリアという少女ですが、結構気に入っていらっしゃるのではありませんか?」

「何故そう思う?」

「馬から落ちそうなところを助けるなど、普段のあなた様では想像もつきません。落馬するなら、勝手にしろと思うのが皇帝じゃありませんか」

確かに普段のキースは女性に優しいとは言えない。

「フン、小賢しいが、お前の分析は正しいな」

馬に蹴られるかもしれないという危険を顧《かえり》みず、少女を助けたことは、自分自身でも驚いた。ニコルの言う通り、あの少女を気に入っている証拠かもしれない。

「ついでにあの少女を嫁にでも貰うか。結婚しろ、結婚しろと周囲が煩いからな。皇妃の座を狙って、かなり陰湿な戦いが水面下で行われているというのも耳にしているぞ。リーフェの司祭なら、サバランの皇妃になるのも問題なかろう?」

「確かにそうですが、皇妃を決めるという一大事を、今回の聖月祭に乗じてさっさと片付けようとしないでください。今回はあくまでも不穏分子を油断させて一網打尽にする、というのが本来の目的なのですから。変な色気はお出しになりませんように」

きっちりと釘を刺される。

「まったく、お前は本当に小煩《こうるさ》いな。乳母のマーシャにそっくりだ」

「母親ですから、似ているのは当然です」

「お前には敵わぬな」

溜息を一つ零《こぼ》すと、扉の向こうから衛兵の声が響いた。

「キース帝、ジュリア司祭がお越しになりました」

「通せ」

返事をすると、すぐに扉が大きく開かれる。その真ん中にジュリアが侍女らしき少女を連れて立っていた。相変わらず、辺りがぱっと明るくなったかのような錯覚を覚えるほどの美しさだ。

「このたびはキース帝のご尊顔を……」

「心にない世辞はいい。昼間、私を詰《なじ》り倒した強き乙女はどこへいった？」

「……昼間は失礼致しました」

ジュリアは深く頭を垂れた。

「構わぬ、入れ」

ジュリアは言われた通り、キースの部屋へと足を踏み入れた。

昼間にも会ったが、こうやってよく見ても、彼女の凛《りん》とした雰囲気や清廉《せいれん》さが、その姿に滲《にじ》み出ていて、キースの興味を惹きつける。

修道服や司祭服とは違い、聖月祭の役目を担う女性だけが許された純白でシンプルなドレスを着ている。その白いドレスに、流れるような金の髪と、きらきらと輝く緑の瞳が映えて、ジュリアを引き立たせていた。

面白いな……。

キースの口端が僅《わず》かに上がった。

己《おのれ》の立場を忘れて、胸が高揚してくるのを否めない。

「その侍女は帰せ。お前だけ来ればよい」

「え？」

彼女の緑の瞳が一瞬大きく見開かれる。その驚く顔さえもキースにとっては愉快であった。

「聖月祭で何をするかくらいは知っておろう？　それともお前はセックスをその侍女に見せる趣味でもあるのか？」

意地悪くそう言ってやると、ジュリアの頬が目に見えて真っ赤に染まる。

「……わかりました。ミリア、ここまでで大丈夫です。お帰りなさい」

ジュリアが連れて来た少女にそう告げると、少女は一瞬躊躇《ちゅうちょ》したが、それでも困った表情を浮かべながらも、部屋から出て行った。

残るはキースとジュリア、そしてニコルのこの三人だけだ。

キースは獲物を捕らえようとする猛獣のように、鋭い双眸を細めたのだった。

◆◆◆

どうしよう……。唯一の味方であったミリアまで帰されてしまったわ。

ジュリアはキースに見つめられながらも、動揺を外に出すまいと、必死で心細さと戦っていた。

聖教皇女様からキースを御するようにと言われたけど、やっぱり、そんなことはとても無理だわ――。

彼は英傑帝と名高いサバランの皇帝、キースだ。ジュリアなどが、どうにかできる相手ではない。

とにかく今は、この二週間、彼と聖月祭の役目を果たすことだけを考えて、乗り切らなければならない。

ジュリアは決意を新たに、カウチに座っているキースに視線を向けた。すると彼が鷹揚《おうよう》に命令してきた。

「こちらへ来い」

ジュリアはキースに言われるまま、移動する。彼がカウチに座っているため、ジュリアも床へ両膝をつき、彼を見上げる形で傍に寄った。

「湯浴みを済ませよう」

「ここへ来る前に済ませました」

「なら、私と一緒に、もう一度湯浴みをするがいい」

「え？」

意味が摑めずキースを見上げるも、腕をとられ、無理やり立たされる。

「ニコル、準備をしろ」

「かしこまりました」

ニコルは頭を下げると、そのまま部屋から出て行った。

「一緒にって……どういうことですか？」

「そのままの意味だ。聖月祭を過ごす者同士、恥ずかしがることはあるまい」

「で……ですがっ」

男性と一緒に浴場に入ったことなど一度もない。しかしこれも聖月祭ならあり得ることなのだろうか。

どうしよう、わからないわ――！

ジュリアはそのままキースに腕を引っ張られ、さらに奥の部屋へ連れて行かれる。

この館は、聖教皇女が各国から招待した賓客を迎えるために建てられたもので、かなり贅沢な造りとなっている。今回はその館を丸ごとサバラン帝国の皇帝に提供したようだ。

それだけでも彼がリーフェの国にとって最重要視されていることがわかる。

しっかりと務めを果たさなければ――。

長い廊下を歩くとサバランから連れてきたのであろう何人かの召使いとすれ違う。誰もがキースに引っ張られるジュリアを、好奇の目で見つめてきた。

聖月祭は唯一、リーフェの女性が男性と睦《むつ》み合う聖なる期間だ。キースの召使いらも、ジュリアとキースが今から何をするのか知っている。それゆえに、キースのパートナーがどんな女性なのか、興味津々《きょうみしんしん》なのだろう。好奇心溢れる視線に居たたまれない。

ジュリアは顔を伏せ、キースに引っ張られるまま歩いた。やがて幾重にも重なったヴェールを潜《くぐ》り抜ける。ヴェールの先は大きな浴場であった。白亜の大理石でできた浴場は、ジュリアなどが使うものとはまったく違い、もてなすという意味で豪奢に造られていた。

そこにサバランから連れてきたであろう、数人の女性が額を大理石の床につけて両脇に控えている。

「湯浴みをする」

キースがそう告げるだけで、女性たちが立ち上がりキースやジュリアの衣装を脱がし始める。

「あの……私、自分でやりますので」

ジュリアは女性らの手から逃げようと躰を捩《よじ》らせた。だが、キースの手がそれを許さなかった。

「私のパートナーとなった以上は、端女《はしため》のように自分で身の回りのことをするのはやめろ」

「ですが、できるだけ自分のことは……」

「私に恥をかかせる気か？　端女同様の女と寝る皇帝だとでも言うのか？」

「そんなことは……」

どうしたらいいのかわからない。だが、キースに恥をかかせることだけは避けなければならない。

言葉に詰まっていると、キースが視線だけで召使いの女性たちにジュリアの服を脱がせるように促す。女性たちはすぐにまたジュリアの服を脱がせ始めた。

二週間だけ。二週間、このような生活を我慢すれば無事に聖月祭が終わる。それまでは耐えるしかないわ。

服を女性たちに任せながらキースを見つめていると、彼の眉間《みけん》に僅かに皺《しわ》が寄せられた。いかにも不機嫌な表情になる。

「その表情、何か不満でもあるのか？　私と褥を共にできるだけでも光栄なことだと、何故喜ばん？　愚かな女だな。この役目、誰もがなれるものではない。身に余る幸運をありがたく思え」

傲岸不遜に告げ、キースは躊躇することなくジュリアの前で全裸を晒《さら》した。

軍事帝国の皇帝らしく、充分に鍛《きた》えられた躰であった。だが筋骨隆々というわけではなく、滑らかで引き締まった筋肉が全身を覆っている感じである。そのためすらりとした印象を与えた。

ジュリアも召使いの女性によって、容赦《ようしゃ》なく服を剝ぎ取られる。肌身離さず身につけていたリーフェの聖職者の証ともいえる、ユニコーンの角がぶら下がったネックレスも取られ、そして最後の砦《とりで》であった下着さえも奪われた。

「それはっ……」

身につけていたものすべてを持っていってしまう召使いに声を掛けても、誰もジュリアの声など聞こえていないかのように、振り向きもせずに広い浴室の隅へと行ってしまう。

ジュリアは仕方なく片手で下肢を隠すと、もう一方の手と長い金の髪で、どうにか乳房を隠した。男性の前で一糸纏《まと》わぬ姿を晒す勇気などない。

「う……」

羞恥《しゅうち》で頬が紅潮するのがわかった。ちらりとキースに視線を移すと、彼が愉快そうに双眸を細め、こちらを見ているのとかち合う。

「さあ、湯浴みをしよう、ジュリア」

キースが手を差し伸べてくる。この手を取ったら、もう本当に後戻りはできない。ジュリアは息を飲んで、差し伸べられた手を取った。

「あっ……」

キースの腕が何も身につけていないジュリアの腰に回ったか思うと、そのまま引き寄せられ、胸に抱きこまれる。

「今夜、お前にたっぷりと蜜《みつ》を注いでやる。そのためにも、今からここをしっかりと解《ほぐ》してやろう」

足の付け根に彼の指が這わせられる。すぐに閉じた足をこじ開けられ、秘密の谷間を指の腹で撫でられた。

「ああっ……」

「感じやすいのか？　それとも聖職者というものは、淫乱《いんらん》なのか？」

「違います！」

まだ硬い蜜口に指を無理やり入れられる。

「痛っ……」

「硬いな。どうやら本当に処女のようだ。あの女狐が、私との交渉を有利にしようとして、お前を出し渋っていただけじゃなさそうだな」

「聖教皇女様がそんなことをなさるはずがありません……あっ」

下肢を弄《いじ》られ、そちらに意識がいってしまい、キースとの会話に集中できない。

「まあいい。お前が知らなくてもいいことだ。湯に入るぞ。今日は特別に私がお前を綺麗に洗ってやろう」

キースが軽々とジュリアを抱き上げる。

「きゃっ」

不安定な体勢で落ちそうになり、ジュリアはキースの首にしがみ付いた。

自分の乳房がキースの胸板に当たってしまう。乳頭に彼の瑞々《みずみず》しい肌が直《じか》に触れ、擦れるような感覚に、背筋から甘い痺《しび》れが駆け上ってきた。

「あっ……」

意味のわからない感覚に、ジュリアは恐怖を覚え、身を硬くした。

「何を怯《おび》えている。感じやすいことはいいことだ。男を悦ばす基本であろう？」

「それは……」

そんな言われように悲しくなるが、確かにジュリアの本来の目的は、リーフェの未来を担う子供を産むことだ。キースを悦ばせ、より多くの子種をこの身に受け止めなければならないことには違いない。

「声を出したほうがいいのですか？」

何もかも初めてなので、よくわからない。ジュリアは思い切ってキースに尋ねた。

「そうだな。だが、わざとらしいのは興醒《きょうざ》めだ。心配するな、お前が演技などしなくてもいいように、心から声を出させてやろう」

意地悪く笑みを浮かべられ、ジュリアは全身が燃えるように恥ずかしくなった。

どうしよう、心の準備ができてない……。

そう思う傍からキースに抱かれたまま湯に入ってしまう。

「誰か、石鹸《シャボン》を」

キースがジュリアを抱いたまま、召使いに命令する。すぐに一人が石鹸を持ってきた。

するとキースは今、湯につからせたばかりのジュリアの脇を抱え、今度は湯から出し、風呂の縁《ふち》に座らせた。途端、ジュリアの裸体が彼の目に晒される。それは同時にこの浴場で控えている召使いたちにも裸を見せることを意味していた。

「おやめ下さい、キース帝。皆が見ております」

「構わん。皆、私のすることには、見て見ぬ振りをするようにしてある。それに皇帝はいらぬ。聖月祭の間はキースと呼ぶことを赦《ゆる》す」

「キ……キース」

「なんだ、ジュリア」

「恥ずかしいです」

「そうだな、乳房が丸見えだ」

「なっ……」

慌ててジュリアは両手で自分の乳房を隠した。

「どうせ後からすべてを見せるというのに、無駄なことを」

キースが喉を鳴らして笑う。そして召使いから受け取った石鹸を泡立て始めた。

「皇帝である私自らがお前の躰を洗ってやるのだ。身に余る光栄だと心得よ」

「そんな……」

泡まみれになった彼の手が、ジュリアの鎖骨《さこつ》から胸に掛けて滑る。タオルでもブラシでもなく、彼の手がジュリアの肌に直に触り、洗い始めた。すぐに意図的にいやらしい動きを見せる。

「あ……やめて……」

ジュリアは手で彼の手を払い除《の》けようとしたが、いとも簡単に摑みあげられる。

「この手を縛られたいか？」

キースの紅い瞳が怖くて、ジュリアは無言で首を横に振った。

「縛られたくないのなら、大人しく手をどけていろ。皇帝たる私のすることに抵抗するな。お前が抵抗するのなら、この聖月祭はこの場でなかったことにするぞ？　それでもいいのか？」

内容のわりには、口調がどことなく優しい感じがするが、どこまで冗談なのかわからず、ジュリアは困惑するしかなかった。

「そんな……それは困ります！」

聖教皇女、フェリシアも望んだ大帝国、サバランの皇帝、キースだ。やっと聖月祭に出向いてくれたものを、ジュリアの失態で、なかったことにされたくない。

「なら、大人しくしていろ。処女のお前に何かをしてもらおうとは期待していない。黙って私にされるがままになっているがいい」

彼の指先がジュリアの乳房に這わされる。次第にそれは大胆になり、下から乳房を持ち上げられ、乳首を彼の目の前に差し出すような形になる。

「ああっ……見ないでっ……お願いっ……」

「遊んではいないようだな。まだ乳首や乳輪が綺麗な薄桃色のままだ」

乳房を丹念に揉《も》みしだかれる。泡まみれになった胸に、ホイップクリームの先端のようにツンととんがった乳頭が白い泡の中で赤みを帯びて主張している。

その乳頭を指の股に挟まれクリクリと捏《こ》ねられる。

「や……あっ……」

途端、ジュリアの下肢から疼《うず》くような痺れが走った。

「感度はいい。しっかり感じているということか」

この変な感覚が感じるというの？

ジュリアは必死で目の前の男の顔を見上げた。するとキースの手がジュリアの頬に添えられる。

「綺麗な瞳だ。穢《けが》れを知らない目とは、このようなものを言うのだな」

彼が少しだけ寂しそうに笑った。

「――私には決して持つことが赦《ゆる》されない瞳だ」

え――――？

途端、ジュリアはどうしてか彼の胸の奥に潜《ひそ》む悲しみを感じてしまった。

傲慢な彼の態度の裏に、孤独な影が見え隠れする。その危ういバランスに、ジュリアは急にキースという人物に興味が湧いた。

彼が英傑帝と呼ばれるに至るまでには、多くの戦火を潜り抜けてきたのは言うまでもない。しかしそれは綺麗ごとだけでは済まされない世界であったことも簡単に想像できる。

戦いとは、何かを裏切り、そして何かに裏切られるものだから――――。

そこには人を孤独にするものしか残らない。

そんな世界に身を置いてきた彼は、傲慢なだけの男ではない気がした。

その心はきっと幾度となく見えない傷で血を流し、それでも痛みに耐えて、立ち止まることなく前へ進んできたのだろう。

ジュリアの胸にふいに切なさが満ち溢れ、悲しさに息が止まりそうになる。

彼の瞳こそ、誰もが持ち得ない強く美しい瞳であると気付いたからだ。

「……あなたの目こそ綺麗だわ。真実を見極める目があるとしたら、このような紅い瞳なのかもしれない」

そう言うと、彼の眉間に小さな皺ができた。

「……小賢《こざか》しいことを口にする女だな」

キースの唇がジュリアの目尻に触れる。それは言葉に似合わぬ優しいキスだった。

しかしキースの指先はジュリアの乳首を弄《いじ》り続けそのまま先端に爪を立ててくる。

「っ……」

ぷっくりと膨らんだ乳頭はちょっとした刺激にも敏感になっており、彼が何かをするたびに、ジュリアの躰の奥底に官能的な焔《ほのお》が灯るのを感じずにはいられない。

キースは立てた爪を引っ込めると、今度は泡でゆるりとジュリアの乳首を撫でてきた。

さっきとはまた違う感覚に、躰の神経という神経が快感を求めて蠢《うごめ》き始める。

「私に慰《なぐさ》めはいらぬ。神もいらぬ」

「キース……あっ」

キースが乳首に悪戯《いたずら》を仕掛けるたびに、ジュリアの腰が動きそうになる。

泡は乳房に沿って、ゆっくりと湯船へと落ちていく。キースはその泡を落とすべく、湯をジュリアにかけた。

「これで綺麗になったか。確認してみるか」

そのままキースは乳頭に唇を寄せると、それに軽く歯を立てた。

「あっ……」

電流が一気に脊髄《せきずい》を駆け上っていく。乳首を噛まれたことなど一度もないジュリアにとって、その行為は衝撃的だった。自分の乳首に男が吸い付くなどと思ってもいなかったのだ。

飴玉《あめだま》のように乳頭を舌で転がされたかと思うと、きつく吸われ、声を上げさせられる。また、歯に乳頭を挟まれ、そのまま引っ張られたりもした。そしてもう一方の乳首は彼の指によってしつこく弄られる。指の腹で乳首を押し込められたときには下肢から何かが出そうになった。

「石鹸の味はしないな。綺麗に流せたようだ」

酷《ひど》い行為のはずなのに、そのすべてが快感に繋がっていく。ジュリアにはどうしようもなかった。

皆が見ているのに、こんなに感じるなんて……どうして？　絶対、変だわ。

ますます躰がコントロールできなくなる。

「あっ……もう……だ……めっ……ああっ……」

ジュリアが乳首から彼の頭を引き剝がそうと手を伸ばすが、実際は手に力が入らず、彼の頭を抱えて受け入れる形になってしまう。

「積極的だな」

吐息が乳首に当たる。キースが笑ったようだが、その吐息の触れる微妙な感触まで、ジュリアの快感を刺激してくる。

彼の唇が乳首から臍《へそ》へとゆっくりと滑り落ちていく。そして下肢に広がる淡い金色の茂みまで彼の唇に侵された。

「ここを剃《そ》っていない女性を初めて見たな」

「え……」

ここと言いながらキースが見せ付けるように舌でジュリアの下肢を舐めた。

「サバランの国では、皇帝の相手をする女性は、陰毛を剃るのが慣習だ。皇帝の口に毛が入らぬようにとの配慮からだ」

「つ…次までに剃ってまいります」

「いや、いい。今回は仕方があるまい。お前は処女で閨房術もまだまったく習っていないと、あの女狐も言っていたしな。私もそれでよいと言った手前、文句を言う権利はなかろう。私が今から剃ってやろう」

「ええっ！」

耳を疑う内容に、ジュリアは大きな声を上げてしまった。

「何をなさるおつもりですか！」

「お前の陰毛を、この私がわざわざ剃ってやると言っているのだ。快感で頭がぼうっとして、聞こえなかったか？」

平然と言う男にジュリアは眩暈《めまい》を覚えた。

「き、聞こえていましたが、そんなことは受け入れられません」

「お前が受け入れるかどうかは問題ではない。私が剃ると決めたのなら剃るのだ」

「なっ……」

「誰か、剃刀を持て」

先ほどの石鹸と同じ気軽さでキースは召使いに声を掛けた。すぐに剃刀が手元に届けられる。

「大人しくしていろ。少しでも動くと切れるぞ」

「切れるって……」

キースの指先がジュリアの下肢へと伸び、泡を塗りつける。そのままヒヤリとした剃刀の刃を当てられる。

ジュリアは思わず息を飲んだ。

「っ……」

刃がジュリアの下肢を滑っていく。それと同時に金の淡い茂みが剃られて白い肌を露にした。

「もっと足を開け。奥まで剃れないではないか」

足を開けと言われても、自分から足を開くことには躊躇《ためら》いを覚える。しかもキースの他に浴場には数名の召使いもいるのだ。

それでも彼の命令なら聞かないわけにはいかないと ジュリアは懸命に応《こた》えようとした。羞恥に震えて力の入らない足をどうにか言われたよりに開く。だが開き方が足りなかったようで、キースはジュリアの内股に手を入れると、さらに大きく足を開かせた。

「お前の秘部がきちんと見えるようにしなくてはな」

際どい場所まで剃刀を当てられ、楚々とした翳りにしか見えない程度の陰毛さえも剃られる。だがその際、泡で塗《まみ》れた指が、滑りがいいのに乗じて、ジュリアの秘密の花弁を捲《めく》り上げ、そっとその奥に侵入してきた。

「痛いっ！」

ほんの少し指を挿《い》れられただけなのに、激痛が走る。だがキースはジュリアの言葉など聞いていないかのように、指を中に挿れたまま、抜こうとはしなかった。

「お願い……っ……抜いて……」

「どうしてだ？　今のうちにここを解しておくのが一番手っ取り早いであろう？」

ジュリアは彼の指から逃げようと腰を動かしたが、それも彼に妨《さまた》げられる。

「動くな。剃刀の刃で切れるぞ」

「あ……」

ジュリアの躰が固まる。剃刀はジュリアの敏感な場所にあり、そこを切ったりしたら、激痛が走ることは簡単に想像できる。

「そうだ、そうやって大人しくしていろ。もうすぐ綺麗に剃れる」

子供をあやすかのように優しい声色で告げられる。だが、蜜壺《みつつぼ》に挿れられた指は縦横無尽に動かされる。すると指がさらに奥に進んだ。

「あっ……ああ……だ、め……っ、そんなに奥に挿れないで！　処女膜が……処女膜が破れてしまうわ！」

聖月祭で処女を脱する覚悟はしていたが、指や道具などで、神聖な処女膜を破られることだけは嫌だった。ちゃんと男性の象徴でそこを突いて破って欲しい。

「こんな指くらいでは処女膜まで届かぬ。ましてや破ることなどできはしないから、無駄な心配をするな。ほら、剃れたぞ。綺麗になった」

キースの言葉に視線をちらりと下肢に向ける。そこにはあったはずの陰毛はなく、素肌が晒されていた。その様子にどこか淫靡《いんび》な香りがし、ジュリアの官能的な部分が擽《くすぐ》られる。

……どうして、こんなことをされたのに、気持ちがいいと感じるの？

「これで二、三日はもつだろう。少しでもまた伸びたら、私が剃ってやろう」

花びらのような淫唇《いんしん》の際にあったキースの指が、剃った痕の感触を愉しむかのように、卑猥な動きを見せる。

「ああっ……んっ……」

「いい声で啼《な》く。カナリアでも飼ったような気分になるな」

キースはそう言いながら、剃刀を召使いに戻した。

どうにか、終わったわ……。

ジュリアがほっと一息吐いたときだった。彼の指がいきなり二本も秘肉を割って入ってきた。

ジュリアの緊張が解けて、躰の筋肉が緩んだのを見計らって、キースは指を増やしたようだった。

「やぁっ……！」

花弁の中心の割れ目を指二本が行き来する。

「ああっ……ああ……んっ」

じわりじわりと熱が下肢に集中する。どうしてか下腹の辺りがじんじんと疼き始めていた。

一体、これはなに？　私、どうなってるの？

躰から湧き起こる淫猥な痺れに、ジュリアは堪らず目の前にいるキースの躰にしがみ付いた。

「中まで濡れてきたな」

耳元でそんなことを囁かれた。

「例のものをここへ」

すぐさま召使いが何かを持ってきた。ジュリアの快感でぼんやりした頭では、何なのか判別しづらい。手のひらに乗るほどの小さな塊に見えた。

キースはそれを手に取ると、指に挟んでジュリアの媚肉《びにく》へと埋めた。

「やっ……あっ……何かが入ってくるっ……」

「ラピスラズリの宝玉だ。二つほど挿れておいた。これでお前のここを広げておけば、私を受け入れるときもそんなに痛くないはずだ」

「んっ……」

異物感を覚えて目を閉じるが、余計感じてしまい、身を捩らせる。だが捩らせれば、また異物を感じてしまい、どうにもならなかった。

「これを落とさず、躰の中に入れておけ。落としたらお仕置きをする」

「どうして、そんな……あっ」

もう一度乳房を激しく揉まれ、乳頭をきつく吸われた。

「あっ……ん」

声を上げると、キースが満足そうに双眸を細めるのが目に入る。どうしてかジュリアの鼓動がドキンと大きく一つ鳴った。

「出るぞ」

キースはジュリアを再び抱き上げ、湯から出た。召使いが数人出てきてキースの躰を拭く。ジュリアもまた彼女らの手によって着替えをさせられた。

ユニコーンの角が手元に戻ってきて、ほっとするのも束《つか》の間、出された服に目を剝く。用意されていた服は、肌が透けて見えるシフォンのネグリジェだ。しかし問題は下着であった。胸を隠すものは一切なく、下肢はシルクの金の組み紐を腰に巻き、さらにその組み紐を股の間に通しただけのものだ。辛うじて前を隠すように光沢のある小さな布がついている。そんなまったく実用性のないものが用意されていた。

「申し訳ありませんが、これは身につけられません」

「裸でいるというのか？　それもまた大胆だな」

大胆と言われて、ジュリアの顔がカッと熱くなる。

「違います。きちんとした服装や下着を用意してください」

ジュリアに反論されるとは思っていなかったのだろう。おや？　という少し驚いた表情を見せ、そして再び意地の悪い笑みを浮かべた。

「では、教えていただこうか。きちんとした服装というものは、どういうものだ？　聖月祭ではどこにいようが、いかなるときであろうが、私の気が向けば、お前は私に抱かれなければならない期間なのであろう？　下着など邪魔でしかない。あってなきようなものだ。この衣装ほど、聖月祭に相応しいものはあるまい？」

「それは……」

「それともお前は、このサバランの皇帝の用意した衣装は着れぬ、とでも言うのか？」

紅い瞳に僅かばかり冷酷な光が宿る。彼が英傑帝という名前を冠しているのと同時に、父帝を殺して皇帝の座に就いたという噂もあるのだということを、改めて実感する。

ジュリアが言葉を詰まらせていると、キースがつまらなそうに話を続けた。

「処女というものは、こういうときが面倒だということか。お前の尊敬するリーフェの女狐……」

「聖教皇女、フェリシア様です」

　そこはしっかり訂正をするジュリアだ。キースも目を眇《すが》めてジュリアを見つめるが、やがて呆《あき》れたように小さく溜息を吐いて、続けて口を開いた。

「……そのフェリシアも、お前が私の言う通りになることを望んでいたぞ？　それに、至らぬお前の教育を頼まれたのも確かだ。お前はフェリシアを尊敬するというが、お前の反抗的な態度は、あの女の顔に泥を塗ることにもなりかねないのではないか？」

「反抗的な態度って……」

　あり得ないような下着をつけさせようとするから、拒否しただけなのに、それを反抗的と言われるのは腑に落ちない。しかし、聖月祭ならば、これも仕方ないことなのかもしれない。この期間は多くのことがいつもと違い、特別なのだ。

　この男の言っていることは本当なのかしら……。

　ジュリア自身にも迷いが生じる。やはりいろいろと学ばずに、急遽《きゅうきょ》代理として参加したことが間違っていたのかもしれないと、後悔する。

　でも、アンナにこんなことさせたら、きっと気絶してしまうわ……。

　ジュリアの身の回りの世話をする、まだ幼い顔つきの修道女の顔が浮かぶ。

　結局は、ジュリアがこの聖月祭に参加したことは間違いではないのだろう。どんなことになろうが、アンナにはまだ荷が重過ぎる役目だ。

「……わかりました。着ます」

ジュリアの声に、キースが鼻を鳴らして応えたのに対し、召使いたちは安堵の息を吐く。すぐに恥ずかしい衣装をジュリアに着せ始めた。

もう抵抗する気力も残っておらず、されるがままに躰を任せる。

ここにいる召使いらが全員、ジュリアの嬌声《きょうせい》や嬌態《きょうたい》を見ていたのかと思うと、視線も合わせられない。

しかしそうしているうちに、下肢に埋められたラピスラズリの石が零れ落ちそうになる。ジュリアは落ちないように慌てて女陰に力を入れて引き締めた。

「あ……」

媚肉に埋め込まれたラピスラズリが、潤んだ肉襞《にくひだ》をやんわりと押し返すのをリアルに感じる。そこから生まれる甘い刺激に、ジュリアはまたもや嬌声を上げそうになるのを、歯を食い縛って耐えた。

「どうした？」

ジュリアの様子で、大体のことを察しているはずのキースが、素知らぬ顔でそんなことを尋ねてくるのを視線だけで非難する。キースはジュリアの視線を受け止めると、軽く肩を上下させジュリアの腰を抱いてきた。

「何も……あっ……」

躰の中にあるラピスラズリの石が微妙にずれる。

「部屋までお前の中に挿れた石を落とさず、歩けよ」

「っ……」

耳元で囁かれ、全身が総毛立つような感覚に襲われる。キースを睨み上げると、彼の双眸が愉しそうに細められているのが目に入った。

完全に彼の玩具《おもちゃ》と化しているようだ。

「さあ、我が褥へ案内しよう、ジュリア司祭殿」

わざと司祭とつけて呼ぶところが憎たらしい。

「皇帝も部屋までの道を間違いませんように」

ジュリアも素直に返事をすることはしなかった。そしてちらりとキースを見上げると、彼はそんなジュリアに対して、不快を露にするどころか、笑っていた。

なんなの？　もう……。

ジュリアがぷいと顔を逸《そ》らした途端、キースが堪えきれない様子で噴き出した。

「面白いな、お前は。私に媚《こ》びない女など、初めて会った。お前は本当に変わっている」

「別に私は変わってなどいません」

変わっているのはあなたよ……。

と、心の中だけで付け足しておく。

「まあ、よい。この聖月祭の間、どうやら退屈はしなそうだ。よい拾い物をした」

「私は拾い物ではありません」

つい言い返してしまう。すると今度こそ、キースは大声で笑った。

本当に変な皇帝だわ……。

ジュリアはそう思いながらも、笑うキースを見つめていた。


大理石の廊下をキースに連れられ部屋まで歩かされる。

しかし、少し振動を与えるだけで、ジュリアの隘路《あいろ》から狂おしい快楽が溢れ出し、まともに歩けない。

「あっ……くっ……」

度々ジュリアは足を止め、淫猥な痺れに耐えた。歩くたびに花弁の奥に挿れられたラピスラズリの石が肉襞を刺激し、ジュリアに淫らな苦痛を与えてくるのだ。

どうして、こんなに感じるの？

しっかりは見ていなかったが、小さな物を下肢に挿れられただけだ。それなのに、こんなにもジュリアを翻弄《ほんろう》させるとは信じられなかった。

ジュリアが立ち止まっていると、前を歩くキースが振り返った。

「どうした？　もう音《ね》を上げるのか？　所詮《しょせん》、リーフェ聖教皇女領国の司祭と言っても、快楽に弱いただの女だったということか？」

キースが嫌味をちくりと言いながら、手を差し伸べてくる。

「音など上げません。結構です。一人で歩けますから」

「なるほど、それは失礼した。私の早合点だったようだな」

ジュリアの強がりを見越しているに違いないのに、キースは傲慢《ごうまん》に笑みを浮かべると、さっさと差し伸べた手を引っ込め、また歩き始める。

絶対、この人、性格悪い！

きつく睨むが、キースはジュリアを気にせずにさっさと歩いていってしまう。ジュリアは仕方なく、痺れる下半身を庇《かば》いながらもキースの後を追った。

すぐに前を歩くキースの足が、ある扉の前に止まる。扉の両端を衛兵が守っており、キースの顔を見ると、すぐに両開きの扉を開けた。

どうやらここが寝室らしい。

「ジュリア」

キースが扉の前で改めてジュリアに振り向く。

こうやって見ると、本当にハンサムな男だ。この外見にサバランの英傑帝という肩書きがあれば、女性にもてるのも、悔しいが納得できる。

キースはジュリアが追いつくのを待ち、手を差し伸べてきたかと思ったら、今度は半ば強引にジュリアの手をとった。

「まったくお前は危なっかしいな」

ジュリアの躰に気を遣った行為に、思わずドキッとするが、すぐに思い直す。

きっと衛兵の手前だからだわ。絶対親切心からじゃない。大体この男なら、永遠に私が辛そうに歩くのを見て、愉しんでいるに決まっている。

自分の勘違いに大きく訂正をいれる。

気を取り直して、キースの手を取り、部屋へと入る。入った瞬間、噎《む》せ返るほどの花の香りに驚いた。

「す……すごい」

部屋中、花がいっぱい飾られていた。

「なんという、少女っぽい発想だ……」

隣でキースが呆れたように呟《つぶや》く。

床にも白や薄桃色の花びらが一面に敷かれている。まさに花の絨毯《じゅうたん》だ。

「ベッドの上も花びらで埋まっているぞ。まったく、花びらを退《ど》かさねば、寝るにも寝られないな」

キースの声が天蓋付きの大きなベッドのほうから聞こえる。ジュリアが部屋に見惚れている間に、どうやら彼はベッドへと行ったようだ。

天蓋からは、美しい模様の入ったレースの幕が幾重にも重なり、ベッドの様子が幕のせいでシルエットでしか見えないようになっている。

それに、寝室の設《しつら》えは、清貧を心がけているリーフェ聖教皇女領国とは思えないほど豪華であった。まるで絵本に出てくる王女の部屋のようである。

聖月祭だから？

年に二回のこの祭りは、普段質素な生活をしている修道女にとって、何もかもいつもとは違う二週間なのかもしれない。

完全に日常から切り離された特殊な世界に身を置き、役目を果たすべく男性とまぐわう。それが聖月祭なのであろう。

今夜、やっぱり……そうよね……。

逃げ出したい気持ちと、役目を果たそうとする責任感が鬩《せめ》ぎ合い、ジュリアの心臓は今にも爆発しそうなくらい、大きな音を立てる。

ジュリアは少しでも緊張を解すため、窓辺から景色を眺め、心を落ち着けようとした。閨《ねや》となる部屋の窓からは、昼ならば美しい花々に彩られた素晴らしい庭が、夜は松明《たいまつ》で庭を照らした幻想的な景色が見える。

普段なら純粋に美しいと思う景色が、心ここにあらずで、ただの風景にしか見えない。

「どうした？」

背後からキースが抱き締めてくる。

「いえ……何も」

そう答えると、彼がジュリアの耳朶《じだ》を甘噛みしながら囁いてきた。

「嘘を言うな、お前の胸の鼓動がどきどきしているのが、私の手にも伝わってくるぞ」

彼の手がネグリジェの中に忍び込んで、首に掛けていたユニコーンの角に触れる。

神聖なものであるはずのユニコーンの角が、乳房の間で揺れる様子は、淫靡に感じた。

「っ……」

キースが乱暴に乳房を鷲掴みし、捏ねるように揉む。ネグリジェから透けて見えるキースの手が、いやらしく蠢くのを目にして、ジュリアは慌てて目をきつく閉じた。あまりにも艶《なま》めかしい彼の手の動きに、耐えられない。

「いや……やめ……てっ……」

「やめてと言うわりには、少し触るだけで、乳首が勃《た》つとは……。私のパートナーは感度がいいな」

耳を塞ぎたいがままならず、そのまま目を閉じて、彼の言葉を否定するために首を横に振った。しかし、キースはジュリアを自分側に向かせると、その頬を両手で包み、唇を塞いだ。

そのときだった。

ぬるりとした何とも言えない感覚がジュリアの下半身に走った。ラピスラズリだ。

あ……。

ゆっくりとそれが隘路を押し広げながら下へと移動していくのが、肉襞を通して伝わってくる。押し広げられる感覚に、嬌声を零しそうになった。

どうして……こんなことに感じるの？

それが動くたびに、躰の芯《しん》からじわりじわりと官能的な痺れが生まれ、ジュリアの足腰から力を奪っていく。

だめ……っ。

刹那《せつな》、ジュリアの下肢から音を立ててそれが落ちた。コトンと音がしたと思ったら、続けてまた音がした。

唇越しに彼の唇が笑みを刻むのがわかる。

「おや？　それはラピスラズリの宝玉ではないかな？　それも二つとも」

「っ……」

この部屋までどうにか下肢に力を入れてきたが、ここにきて、少し油断したようだ。ふとしたことで力が緩んでしまい、ラピスラズリの石を落としてしまった。

床に視線を移すと、淫らな液体で濡れたそれが転がっているのが目に入る。

どうしよう！

動揺を隠せないジュリアの腰をキースが抱き寄せた。

「お仕置きだ。このラピスラズリの宝玉は我が帝国に伝わる大切な厄除《やくよ》けの石だ。それを無造作に床に落とした罪は、簡単には拭えないぞ」

ええ！

「そんな大切な石をこんなことに使わないでください！」

「こんなこととは、どんなことだ？」

ニヤリと人の悪い笑みを向けてくる。どこまでも意地悪な男だ。

「どんなって……」

ジュリアが言い淀《よど》むと、彼の紅い双眸が楽しげに一層細められた。まるで罠にかかった獲物をさらにいたぶる野獣のようだ。

「言わなければ、お仕置きは倍だ」

このままではこの男が言うように、理不尽にもお仕置きが倍にされてしまう。ジュリアの小さな拳にぎゅっと力が入る。

いいわ、はっきり言えばいいんでしょ。私が困惑する姿を、この男が愉しむというのなら、絶対そういう意味では思い通りにならないから！

「……私の下肢に挿《い》れるようなことはしないでください」

「どうしてだ？」

「落としてしまう可能性が高いからです」

「そうだな、ラピスラズリにお前が感じすぎてしまって、肉が緩むと言ってみろ」

「な……何を言うの！」

「言わなければ、お前の代わりにあの女狐に夜伽《よとぎ》を命じてもいいのだぞ」

「聖教皇女様はその任期中は聖月祭のお役目から免除されます。その理由はご存知ですよね？」

リーフェの要《かなめ》である聖教皇女である女性は、その任期中は、この行事に参加しないことになっている。妊娠をして、政務に差し障《さわ》りが出るといけないからだ。

「避妊方法などいくらでもある。孕《はら》ませなければいいのだろう?」

男の色香を含んだ紅い瞳がジュリアを射抜《いぬ》く。

「っ……」

確かにサバランの皇帝に強く乞われると、断ることは難しい。リーフェにとってそれだけの価値がサバラン帝国にはある。しかしそうだからこそ、ジュリアの不始末をフェリシアに償《つぐな》わせることなど絶対できなかった。

「……ください」

「聞こえないぞ」

「ラピスラズリの宝玉に感じてしまい、ついここが緩んで落としてしまいました。お許しください」

「ここはどこだ?　手で示してみろ」

ジュリアはキースを睨みつつも、剃られたばかりの下肢を己の指でなぞり、ゆっくりと奥に潜む谷間に触れた。

瞬間、キースの手がジュリアの手に覆い被さってきた。そして無理やりジュリアの指を媚肉の入口へと挿入させた。

「ああっ……」

「自分で中もきちんと確認しておかなければならないな。どうやったらここに力を入れて、玉を落とさないようにできるか、な」

「どうしてそんな酷いことをしないとならないんですか？」

玉を挿れること自体が禁忌《きんき》な行為としか思えない。

「酷い？　女として当然であろう？　ここを自由自在に操って、男根から精を搾《しぼ》り取らねばならぬのだぞ？」

ここと言いながら、ジュリアの隘路に指を入れ、軽く掻き混ぜられる。

「あっ……やめて……くだ……んっ……」

意思にそぐわない嬌声が唇から漏れてしまう。

「力の入れ加減で男を追い詰めることができる、いわばここは女の最大の武器だ。それを鍛えなくてどうする？　お前は、いや、リーフェ聖教皇女領国は子種が欲しくて堪らないのだろう？　なら、少しでも多くの精液を受け止めようとお前も努力すべきだ」

少しでも多くの……。

そうだ。これが本当は閨房術を習う際に、特別授業で教えてもらえるはずだった内容だ。

ジュリアにはそれが抜けているため、営みをするにも基準となるべきものがなく、不安に陥るのだ。

ジュリアがキースの言葉を噛み締めていると、頭上から小さな溜息が零れたのに気付く。キースだ。

「仕方ない、ここまで無知だと、何をしても私に罪悪感が残る。今夜は挿れるのはやめてやろう」

「え？」

それはジュリアにとっては嬉しい提案だが、国としては困る。無事に妊娠するためにも、一日でも多く、彼の精子を取り込まなければならないのに、初日をないことにされると、ただでさえ二週間という短い期限であるのに、時間が足りなくなるような気がする。

「お気遣いは無用です。私も覚悟をしておりますから、キース帝が……」

「キースだ」

やんわりと訂正される。ジュリアは約束を思い出し、敬称を付けずに、名前だけを口にした。

「キ、キースが罪悪感を覚えることはありません」

「だが、何も準備をしないと、お前は痛いだけだぞ？　それに私もガチガチに締め付けられては気持ちいいどころか、苦痛にしか思えぬからな。今夜はお前の媚肉を広げることから始める」

あからさまに精子が少しでも多く欲しいから、すぐにまぐわいたいとも言えず、ジュリアはキースの提案に素直に頷《うなず》くしかなかった。

「では、そうと決まったら、お仕置きから始めなければな」

「お仕置き?」

「ニコル、入れ」

「え?」

キースの声と共に、寝室の扉が開く。そこにはニコルが頭を下げて立っていた。

ま……まさか、今の会話、聞かれていたの?

ジュリアは真っ青になる。キースしか聞いていないと思ったから、卑猥な言葉を口にしたのだ。それを他の人間が聞いていたとなると、事情は変わる。

恥ずかしさの余り言葉を失っていると、キースがニコルを近くに呼び寄せた。

「例のものを」

「はい、ここに」

ニコルが恭《うやうや》しく差し出したのは、金銀の宝飾で飾られた蓋のついた箱であった。その蓋が開けられる。中には色とりどりの宝玉が並んでいた。

まさか……？

見た瞬間、ジュリアに嫌な予感が走った。この形は自分の中に先ほどまで入っていたラピスラズリに似ている。

ジュリアは宝玉のセットからキースに思わず視線を移すと、彼が優雅に笑みを湛え、説明しだした。

「我が家に伝わる性具だ。女性を悦ばせる細工がいくつも施されている。お前は運がいいな。この道具が使えるのだからな」

「そ、それを運がいいと言うの？」

「まあ、捉え方は人それぞれだな。ああ、ニコル、下がっていいぞ」

ニコルは来たときと同じように一礼すると、宝玉の入った箱を置いて部屋から出て行ってしまった。

キースは箱から一つ、宝玉を摘んだ。

「翡翠《ひすい》だ。さっきと違って一つ一つ、皇家の秘伝の媚薬《びやく》が塗ってある。これを女の蜜壺に挿れてやれば、どんな処女であろうと娼婦のように淫らに悶《もだ》えるようになっている。まさにお前にうってつけのものだ」

「そんな怪しい媚薬などいりません」

ジュリアは後ずさった。だが後退した分だけ、キースが近づいてくる。

「お仕置きだと言ったであろう？　お前に拒否する権利はない。宝玉を許可なく落とした罪は重いぞ？」

「そんな……罪ってほどでは……」

「皇帝である私の命に背《そむ》いたのだ。罪でなければ何なのだ？」

なまじ顔が整っているので、凄まれると迫力が違う。ジュリアは怖くなって目を瞑ってしまった。すると、急にキースが優しく話しかけてきた。

「そんなに怖がるな。これはお前が痛い思いをしないように気を遣ってのものだ。決して悪いものではない」

そっと目を開けると、少し困った顔をしたキースと目が合う。彼でもこんな表情をするのかとちょっとだけ驚く。

しかしそうやって気を許した途端だった。キースの指がジュリアの太腿に触れてきた。そのまま紐の下着に触れ、そっとジュリアの内腿に忍ばせてくる。

「あ……キースッ！」

咎《とが》めるように声を上げるが、それでキースの指が止まるはずもなく、そのままジュリアの媚肉へと翡翠の玉が押し込められる。

「あんっ……」

「先ほどのラピスラズリより少し大きくしてみた。徐々に大きな玉を受け入れられるようにしていこう」

「え……」

大きな玉が入ってしまうような躰に調教されてしまうのだろうか。

怖い――。

震える手をキースに握られる。そのまま抱き寄せられたかと思うと、そっとベッドに押し倒された。ふわりとシーツに躰が沈む。

「今夜は男を悦ばす……フェラチオを教えてやろう」

「フェ、フェラ……ッ」

恥ずかしくて、とても最後まで言い切れない。それにどうしてか、恥ずかしいと思えば思うほど、下肢が淫らな熱で疼く気がする。

私の躰、どうなっちゃったの――?

もしかしてこの媚薬のせい?

そう思うだけで鼓動《こどう》が速くなる。媚薬の効果が現れてきた証拠だ。

「まず、咥《くわ》えてみろ」

キースがベッドヘッドにその躰を預け、座る。ジュリアは大きく不安に心を揺さぶられながらも、ベッドの上で四つん這いになり、彼の股間へと顔を近づけた。

彼のトラウザーズに手をかけ、彼自身を取り出す。それは既に大きく膨らんでおり、赤黒く光っていた。

「っ……」

思わず息を飲んでしまう。

「どうした？　さっさと咥えてみろ」

躊躇いを覚えたが、ここまできたらやるしかない。ジュリアは、彼の昂《たかぶ》りの中心に唇を寄せた。

男のモノを咥えることには抵抗がある。しかし、この聖月祭を無事に終わらせるためなら、通らなければいけない道なのだ。

とりあえず口に含んでみた。どうしたらいいのかわからず、彼の竿《さお》を優しく舐めてみた。だが、

「稚拙《ちせつ》過ぎて話にもならないな」

両頬をキースの両手が覆ってくる。ゆっくりと顔を上げさせられた。

「仕方ない。皇帝、自ら教えてやろう。まずはできるだけ奥まで咥えるんだ」

ジュリアは言われたまま、喉の奥まで彼を咥えた。

「そうだ、上手く咥えたな。では、まず頬を窄《すぼ》ませて、私の男根を締め付けてみろ」

「っ……」

想像以上に熱い塊が口の中を支配する。

「そうしたまま、今度は舌で私を愛撫するのだ。歯も使ってもよい。その代わり噛むのではなく、軽く歯を立てるんだ」

ジュリアはどうにか舌と歯を使って、キースを愛撫した。すると今度はキースの指がジュリアのネグリジェの裾を捲ってきた。四つん這いになっているので、双丘の狭間にシルクの組み紐が食い込んでいる臀部《でんぶ》が露《あらわ》になる。

キースは臀部をゆっくり撫で回すと、組み紐も指で弾き、翡翠の宝玉が埋まっている窪地へと指を這わせた。そしてクチュリ……と僅かながら湿った音がした。

「ああっ……そんなところに指を挿れないでっ……あっ……ん」

あまりの悦楽に、つい口からキースを放してしまう。

「どうしてだ？　指など翡翠に比べれば小さきものだ」

「そんな……っ……あああっ……」

彼の指が翡翠をさらに奥へと押し込む。細い道を無理やり拓かされる圧迫感に、ジュリアは痛みよりも快感を感じてしまった。

「どうしてっ……こんな……こんなはずじゃ……っ」

「媚薬が効いてきたようだな。これでお前も愉しめるようになる。さあ、口が留守になっているぞ。さっさと私をもう一度咥えろ」

ジュリアは彼に下肢を弄られながらも、目の前の屹立《きつりつ》を咥えた。

「もっと舌を私に絡ませろ。そうだ、いいぞ。裏筋をもっと意識して舐めるがいい」

血管が浮いた感じが舌の感触でわかる。そこをジュリアは一生懸命舐めた。口の中に酸っぱいような香りが広がり出す。

「窪みにもっと吸い付け。そうだ、初めてにしては飲み込みがいいな。ああ、そのまま先端の割れ目に舌先を挿れろ」

キースは指示しながらも、ジュリアを愛撫することを忘れない。常にジュリアの隘路を攻め、えもいわれぬ快楽を与えてくる。そしてさらにグチョグチョといやらしい汁で濡れた音がジュリアのそこから聞こえ始めていた。

どうしてかキースを咥えることで、ジュリアの快感も倍増する。彼を気持ちよくさせているのに、自分までもが淫蕩《いんとう》な痺れに犯され、喜悦を叫ぶ。

「可愛いやつだな」

可愛いと言われて、もっと舐めたくなる。このまま彼と共に快楽の海へと沈みたくなる。もっと――。

そう思ったときだった。無情にもキースからストップがかかった。

「もうよい。口を放せ、ジュリア」

まだ咥えていたいと思い、命令に躊躇していると、彼が頬をそっと撫でた。そして、大きなものを咥えていたため、ジュリアの顎が痺れているのをいいことに、キースは優しくジュリアの唇から己を抜き取った。

「お前の中に出してやろう」

「え……？」

ジュリアは意味がわからず、淫らな熱のせいで、焦点が定まらなかったが、懸命にキースの顔を見上げた。

「足を開け」

「ま……まさか……今夜は挿れないと仰ったではありませんか！」

「ああ、そう言ったが気が変わった。思った以上にお前が可愛かったからな」

「え……？」

「お前も感じてしっかりと濡れているし、媚薬も効いている。処女を無くすには絶好の機会だ」

そう言いながらキースはいとも簡単にジュリアを反転させ、臀部を自分側に向けさせた。

「まずは翡翠をとってやろう」

キースの指が一本入ってくるのが、いつもよりリアルに感じた。

「ああっ……」

「翡翠を摘むのに二本以上の指が必要だ。今から二本目を入れるぞ」

「いやっ……そんなことをしたら、膜が破れてしまうわ」

二本分の指を下肢に挿れられると思うだけで恐怖を覚えた。このままでは翡翠か彼の指で処女膜が破れてしまうかもしれない。

神学校では処女膜は神聖なものであり、聖月祭のために捧げるものと習っていたのもあり、ジュリアにとってもそれは大切な膜であった。

「以前にも言ったであろう。案ずるな」

「あ……でもっ……」

「それに私の男根はこんな指二本よりは遥かに太いぞ。これくらいで喚《わめ》くな」

「そんな……っ……ああっ」

指が二本、ジュリアの躰の中で蠢いている。掻き出すような仕草は宝玉を外に出そうとしているからであろう。しかしその動きが肉襞を刺激し、ジュリアに壮絶な快感が襲いくる。

「ああぁっ……だめ……だめっ……何か、何か変っ……あああっ……」

何かが躰から溢れ出す。意識が真っ白になりそうになりながらも、懸命に理性を手繰《たぐ》り寄せた。

「こんなことで達《い》ったのか？」

「……これが……達く、っていう感覚なの？」

「たぶんな。ほら、宝玉は取り出した。中はびっしょり濡れているから、滑りはよさそうだ」

キースは少し手を伸ばし、ベッドヘッドの脇にあるナイトテーブルの上に置いてあった小瓶を手にした。蓋をとり、手のひらに中の液体を零す。途端、甘い香りが部屋中に広がった。

「これがお前の宝玉にも塗られていた媚薬だ。私のこれにも直接媚薬を塗って、お前をさらに気持ちよくさせてやろう」

これと言って指差したのは、今までジュリアが咥えていた男根だ。ぬらぬらと濡れているのがはっきりとわかる。

キースは自分の下半身に媚薬を塗りこめると、すぐにジュリアの腰を掴み上げた。

「相手に痛みを長引かせるのは好みではない。一気に貫くぞ。お前の処女は私が貰う」

「あっ……」

とうとう……。

ジュリアのエメラルドの瞳に涙が溢れる。神学校の頃から、聖月祭の役目をいつかは担わなければならないと覚悟してきたが、それでも、どこか今までの自分と決別しなければならないような、そんな寂しい感情が溢れる。

神様――――!

今から与えられる衝撃に、ジュリアは目を瞑《つむ》って覚悟した。

刹那、熱く滾《たぎ》った灼熱の楔《くさび》が強引に狭い道を押し広げ入ってくる。貫かれる瞬間、引き攣《つ》るような痛みを感じたが、それは媚薬のせいですぐに消え、ジュリアを淫蕩な快楽へと誘った。

どこが終点なのかわからないほどの奥まで、キースの雄が侵入してくる。隘路を隙間なくぴっちりと彼で埋め尽くされることで凄絶な快楽が生まれ、我慢できずに楔を強く締め付けてしまった。

すると彼の男根の嵩《かさ》が増した。それが媚肉を通して伝わってきて、さらなる淫らな悦びを、知らずと期待してしまう。

もっと……。

そう欲求してしまう自分にジュリア自身が驚いた。

私……淫乱なの？　こんなに感じるなんて……っ。

「あぁっ……」

媚薬のせいか、神経が過剰に反応する。彼が腰を打ちつけてくるたびに、過度な快感が溢れ、ジュリアを翻弄させた。

彼の屹立がジュリアの肉襞を抉《えぐ》るたびに、躰が燃えるような錯覚を覚える。

「あああっ……」

溢れんばかりの快楽に、ジュリアは甘い声を上げた。キースがその声に満足したのか、意地悪く腰を揺すってきた。さらに深い快楽が全身に渦《うず》巻く。

だめ……躰が蕩《とろ》けちゃう……。

キースと溶け合い、二人の境界線が曖昧《あいまい》になってくる。

彼の荒い息遣い、激しい心音、狂おしい情欲――すべてがジュリアと同調する。

「あああっ……っ」

ジュリアの嬌声にあわせて、キースの抽挿《ちゅうそう》が激しくなる。彼の躍動を直に感じ、再び官能の渦に巻き込まれた。

「はあっ……ん……あああっ……」

高みへ昇りつめた途端、一気に急降下するような感じがした。魂が抜けてしまいそうな浮遊感に襲われたかと思うと、ジュリアの目の前が瞬間、真っ白になった。

「あああっ……」

「くっ……そんなにきつく締め付けるな」

艶《つや》めいた吐息が頭上から零れ落ちてくる。それと共に、凄まじい熱がジュリアの中で弾けた。キースが達ったのだ。

「あ……ああ……キースッ……そんな……ったくさん……ああっ――っ」

受け止めきれないほどの精液がジュリアの中に吐き出される。

二人の結合部分から精液が溢れ、ジュリアの太腿に伝う。しかしそれでもキースは動きを止めようとしなかった。すぐにジュリアを攻め始める。

「なっ……もうだめ……っ……キー……ス……っ……ああっ……」

「まだだ、まだ足りぬ。私の子種でお前を孕ませてやる」

「ああっ……キース……っ……」

力が入らぬ手では躰を支えきれず、ジュリアはとうとうシーツへ崩れた。それでも腰はキースに抱えられ、執拗に攻められる。

「あっ……ああっ……あああっ……」

嬌声を上げると、キースがジュリアの腰にキスをしてきた。同時進行で荒々しくジュリアを攻めているというのに、そのキスは優しく、ジュリアの躰が溶けそうになった。

「あ……もう……ああ……」

意識が遠のく。躰の芯が熱でうねり、何もかもが溶けてなくなってしまいそうだ。

意識が朦朧《もうろう》としている中、キースがジュリアを覗きこんでくる。その彼の表情はどこか困惑したような影が見えた。

キース……？

「愛しいという思いは、こうも突然生まれるものなのか……？」

キースが何か呟いたのを耳にした。しかしそれをしっかりと把握するだけの意識が、もうジュリアにはなかった。

第三章　心を通わせて

キースはそっと意識を失ったジュリアの金の髪を撫でてやった。

かなり疲労困憊《ひろうこんぱい》しているようで、まったく目を覚ます気配がない。

「さて、ジュリアをどうしたものか……」

気持ちが高揚する理由は、考えずとも簡単に手に入れてしまった。

二週間かけて、ゆっくりと考えていこうと思ったというのに――。

僅かばかり苦笑する。まさか自分がこの大変な時期に、誰かに心を惹かれようとは思ってもいなかった。

元々は、聖月祭の本来の意味など関係なかった。自分が城を留守にしても不自然ではない理由が欲しかっただけだ。

だが、実際はそれだけでは済まない状況になってしまった。

まさかこのような出会いがあるとは思ってもいなかったからだ。

キースはサバラン帝国の皇帝ということもあり、女には不自由はしない。いつも望まなくとも周囲に美女が集まってくる。

だが、どの女も地位や財産を目当てに媚《こび》を売ったりするような人間ばかりで、そんな女どもには飽き飽きしていたところだった。

金や名誉に目が眩《くら》んでいるだけで、もしキース自身が無一文にでもなったとしたら、さっさと離れていくような人間に、どうして心を砕《くだ》くことができるだろうか。

それに、そんな女たちに限って、誰かから金を積まれれば、平気でキースの寝首をかくこともできるだろうと冷めた気持ちにさえなってしまう。

言い換えれば、結局は、女とは叔父の手先へと簡単に寝返る生き物だとしか思えなかった。だから、いつか適当に帝国に有利な縁談を探し、結婚という契約をすればいい。結婚とは所詮、皇帝の責務の一つだとしか考えていなかった。

それが――。

それが、ジュリアは違った。

最初から彼女はキースを惹き付けた。

建前ではキースを敬ってはいるが、平気でキースに反論したりする。間違っていると思ったことは口に出して正さないと気が済まないタチらしい。

それに媚を売ったりしないのも新鮮だった。

キースが大陸を代表する大帝国の皇帝であることは知っているはずなのに、その見返りに何か得ようとする考えがないのか、まったく何かを要求するようなことは口にしない。

それにキースに対して過度な畏怖《いふ》を抱いている感じもしなかった。彼女の瞳にはいつも強い光が宿っており、きちんと自分の意見を持った女性であることが窺い知れた。

さすがは次期聖教皇女の候補生の一人だ。司祭というのも名ばかりではないようだ。

ただ、難点といえば、聡明《そうめい》な女性は扱いにくいということだ。莫迦な女は偽りの愛の言葉で簡単に騙せるが、そうはいかないからだ。

しかし、それはキースにとっては望ましいことだった。簡単に騙せる女などに興味はない。叶うことなら聡明な伴侶が欲しい。大きな帝国を支えるには、それは不可欠だった。

きちんとキースに対しても意見が言え、それがたとえまったく違う意見であっても、堂々と告げられる心の強い伴侶が欲しい。

最悪なのは、何も意見を持たない人形のような人間だ。従順な振りをして、突然裏切ったりするのだから手に負えない。それならただの人形のほうがよほどマシというものだ。

過去に何度かそういう目に遭ったキースとしては、側近には従順さを求めていない。もちろん伴侶になる女性にも求めるつもりはない。

ジュリアに会ったことで、それまで諦めから、どうでもいいと思っていた皇妃への条件が、本来望むべきものへと変わるのを、キースは実感せずにいられなかった。

ジュリアを伴侶として迎え入れるには、癪《しやく》に障るが、あの女狐の許可がいるか……。

つい眉間に皺が寄ってしまう。

キースは現聖教皇女、フェリシアの黒い部分に気付いている数少ない人間の一人だ。

大体、ただ純粋で可憐《かれん》であるならば、こんな女性ばかりの国を繁栄させていくことなどできはしない。聖教皇女には、したたかに戦略を練り、世間を渡っていく狡賢《ずるがしこ》さが必要なのだ。

フェリシアは近年の聖教皇女の中ではその才がずば抜けている。どの国の皇帝や王でさえも、フェリシアの策略に乗せられ、いつの間にか頭が上がらなくなっている。裏で実権を握られているといっても過言ではない。

キースもジュリアと結婚するとなると、フェリシアに弱味を握られることになるだろう。

「まったく、嫌な姑がついてくるというのに、それでも私はこの女がいいらしい」

キースは溜息を吐くと、もう一度ジュリアの顔に視線を移した。涙を流した痕《あと》が少し赤くなって、痛々しい。そっとその頬を撫でてやる。

目が覚めているときには気恥ずかしくて、優しくしてやれなかったが、彼女が寝ている間くらいは、優しくしてやりたいと思った。すると――、

「皇帝……」

扉の外から、身の回りの世話役のニコルの声がした。ジュリアとの性交が終わったことを悟《さと》ってのことであろう。

「入れ」

キースはベッドから起き上がった。それと同時に、ニコルが許しを得て寝室に入ってくる。

「どうした」

「ライズ殿が動き出したようです」

ライズとはキースの失脚を狙う叔父の名前だ。

その言葉にキースは瞼を閉じた。

とうとう叔父との決着をつけねばならぬのかという諦めと、未来《さき》の読めぬ愚かな叔父を嘲《あざけ》る思いが、胸の中で複雑に交じり合う。

「才気のない男は、己の器のほども理解せずに、野望を胸に抱くか。まったく愚かで滑稽《こっけい》

なことだな」

　このまま身分不相応な野心など捨てて、静かにしていれば、キースも親族である人間に刃《やいば》など向けずに済んだというのに。

　キースは静かに拳をきつく握った。

　すると、ふとその拳に、金の髪が触れた。未だ目を覚まさないジュリアの美しい髪だ。まるでキースの冷えた心を慰《なぐさ》めてくれるかのように、髪が触れてくる。

　キースはその髪を一房《ひとふさ》指に取ると、そっと唇を寄せた。途端、一つの使命が胸の奥から湧き上がってくる。

　この平穏な世界を守らなければ――。

　ジュリアだけではない。サバランの国民をはじめ、この大陸全土を戦いのない世界にするのがキースの願いだ。

　そのためにも己が強大な専制君主となり、各地の争いを小さなうちに潰さなければならない。

　たとえ冷酷だと悪評が立とうとも、キースは亡くなった母との約束を果たすために、己の道をひたすら走り続けるしかない。

　人質のように、サバランに嫁いできた母も、祖国の、ひいては大陸の平和を望み、願い続けていた。

誰に罵られても構わない。身近な人間だけが真実を知っていればいい。他人がどう思おうと関係ない。己の信念に従い、ひた走れば、キースの目指す争いのない国造りが、いつか現実になると信じている。

「父親殺しの異名に、今度は叔父殺しの称号が追加されるか」

「皇帝、何を……」

ニコルの眉根が少しだけ顰《ひそ》められた。

「私も自分がどのように陰で言われているかくらいはわかっているつもりだが？　まあ、今さら何を言われても構わないがな」

「皇帝……」

ニコルの視線が床に伏せられる。彼自身も理不尽な思いを抱いているのが伝わってくる。

「そのような顔をするな。私はお前や、私の側近が真実を知っているだけで満足だ。それに時には、恐怖というものも政治には不可欠なものだ。それを巧みに使えばよい」

「ですが……」

ニコルの言葉をキースは視線だけで制した。ニコルもキースに向けられた視線の意味を悟り、言葉を飲み込む。

「それより」

キースはニコルが黙ったのをいいことに、話題を変えた。

「この女をやはり皇妃《こうひ》に迎えたい。早々に準備をしろ」

「ですがライズ殿のことは……」

「だからだ。ライズは私が結婚の準備に追われ、隙ができると考え、気が逸《はや》るであろう。ついでに、私がリーフェの女に腑抜けになって、国に帰りたくないと言っているとでも噂を流しておけ。あの男のことだ。完全に油断して、自ら墓穴を掘るぞ」

「……しかし、その結婚……皇妃をそんなに簡単に決めるのはいかがなものかと」

「あちらの尻に火をつけるには、いい材料となろう？」

キースが先ほどの神妙な顔つきとは変わり、人の悪い笑みを浮かべる。

「せっかくだ。こちらからあやつらが自滅するように仕向けてやろうではないか」

「ご結婚さえ、道具としてお使いになると？」

「結婚とは、所詮そういうものであろう？　それに私はこの女を気に入っている。リーフェの司祭という立場もサバラン帝国の皇妃となるには問題ない。民も我が国に神のご加護が満ち溢れ、更なる繁栄をもたらしてくれると喜ぶであろう？」

「神のお力など、信じていないでしょうに」

呆れたようにニコルが溜息を吐く。その様子にキースは人の悪い笑みを深くした。

「本音と建前を使い分けるくらいには、私も大人だ」

「それくらいはしてもらわなければ困ります。ですが、どうしても今、ジュリア様と婚儀を行わなければなりませんか？　反乱軍を制圧した後のほうが宜しいのでは」

「結婚式は後で構わん。ただ既成事実は作らねばならぬ。叔父を追い詰めるためにも、『女にうつつを抜かす皇帝』という一つの大袈裟な芝居をしておかねば、信用されないだろう？」

「……それはそうですが」

「それに、まんまと、あの女狐の手のひらで動かされているのが気に食わん。どうせなら、あの女が嫌な顔をするようなことを仕掛けたい」

「皇帝よ、結局それが目的ですか……」

ニコルが咎めるような視線を向ける。だがキースはニコルの表情をまったく気にする様子もなく、愉しそうに口許を歪めた。

「お前はジュリアを皇妃にすることは反対か？」

「いいえ、状況が状況でなければ、サバラン帝国の皇妃としては申し分ないかと」

その答えを聞いて、キースは再び双眸を細めた。

◆◆◆

翌朝、ジュリアはキースの褥で目を覚ました。しかし既にキースは寝室にはいなかった。ジュリアが起きたのを察してか、すぐに侍女が顔を出す。本来はジュリアの身の回りの世話は修道女にしてもらうのだが、キースに帰されてしまったがために、この侍女はキースが国から連れて来た女性だった。

勝手がわからず、侍女にされるがまま、用意されたドレスに手を通した。

聖月祭の務めをする女性は、他の女性と区別するために、修道服を着ないことになっている。大抵は少し身分のある女性が着るようなドレスを身に纏う。

ジュリアもそれに準じたドレスであるが、やはり相手がサバラン帝国の皇帝となると、ドレスのランクも上がり、かなり質の良いものが用意されていた。

本当にこんな素敵なドレスを着てしまっていいのかしら。袖口のところなんて、とても細かいレースが何段も重なり合っていて綺麗だわ。これほど豪華なレースを見たのは初めて……。

年頃の女性でもあるので、ついドレスに見入ってしまう。

ジュリアの緑の瞳の色を意識したのか、ドレスは緑のサテン生地に、柔らかなシフォンや絹モスリンなどの透明な素材を重ねて、場所によって同じ緑でも色合いが微妙に変わって見えるようにしてあった。

さらにそこに白いジョーゼットや細かい細工のレースを重ね、品のある淡く美しい緑のドレスに仕上がっている。

こんな機会がなければ、ジュリアには一生縁のないような豪奢なドレスであった。

「サイズが合ってよかったです。急遽、ジュリア様のサイズに近い既製品をご用意したものですから、少し心配しておりました」

侍女は控えめに笑みを浮かべながら、ジュリアの着替えを手伝ってくれる。

着替えも済み、ダイニングに出向くと、既に朝食を終え、紅茶を飲んでいたキースと会うことができた。

「おはよう、昨夜はよく眠れたか？」

「……はい」

意地悪だ。ジュリアがほとんど寝られなかったことを知っての質問だろう。ついプイッと顔を逸らせると、噴き出すような笑いが聞こえてきた。ちらりと視線だけ戻せば、キースが堪えきれない様子で笑っている。

彼のその態度を、ジュリアは思わず見つめてしまった。

昨夜からいろいろと彼の素顔に触れる機会があったが、楽しそうに笑う姿などを見ると、本来、彼もこうやって普通に笑う人なのかもしれないと思えてくる。

大帝国の皇帝という重圧を平然と受け止めるのは、並大抵の精神力ではないはずだ。そんな重圧に耐えている姿が、彼を孤高の人のように見せてしまうだけではないだろうか。

英傑帝という呼び名は、ジュリアに彼との距離を感じさせたが、本当は理解し合えるものが二人の間には存在しているのかもしれない。

ジュリアはそう思いながら、彼にあまり仰々しくならないようにと心がけ、普通に話しかけることにした。

「キース、失礼じゃありませんか？　女性に向かってそのような笑い方をなされるとは」

「すまないな。お前の意地っ張りぶりが、なかなか可愛くて、笑いを誘う」

「可愛いなら、笑わなくてもいいじゃないですか」

「道理だな。なら、食事の後で可愛がってやろう」

彼が何を言おうとしているのかがわかって、ジュリアの顔に一瞬にして熱が集まる。

「け、結構です！」

ジュリアが動揺する姿が、キースには面白いようで、また声を出して笑う。

「残念だ。だが、お前がしたいと言っても、実は今から些細《ささい》な用事があるから、どっちにしろ無理なんだがな」

「したいなんて言いませんし、それに用事があるのなら、そちらを優先してください」

「ああ、そうすることにしよう。お前、案内しろ」

「案内？」

キースが何を言おうとしているのかよくわからない。ジュリアが怪訝《けげん》な表情を浮かべると、彼の瞳が悪戯を思いついた子供のように輝いた。

「リーフェの町を見てみたい。お前に私を案内する名誉を与えてやるぞ？」

「名誉って……」

呆れて物が言えないとはこのことかもしれない。ジュリアは思わず、じっとキースを見つめてしまった。キースもそんなジュリアの顔を見つめ返してきた。

「ふーん。あまり嬉しそうではないな」

双眸を細め、キースが小さく笑う。

「そ、そんなことありませんけど……」

思わず笑顔が固まってしまいそうになる。

「まあいい。それより、さっさと食事を済ませろ。もう馬の用意をさせているから、食べたらすぐに出掛けるぞ」

「ええ!? そんなにすぐに出掛けるのですか?」

「善は急げ、と言うだろう? ああ、それから今朝のデザートのプディングが美味《おい》しかったぞ。お前も食べたいなら、早くメインを食べ終えることだな。遅いとデザートを食べる時間がないぞ?」

魅力的なデザートを教えられ、ジュリアは慌てて朝食を食べたのだった。


リーフェは、聖教皇女の王宮を中心に栄えた修道女の国だ。国といっても村ほどの大きさなので、国が一つの町となっている。

ジュリアはキースと共に、市場の中心に来ていた。

三つの国に挟まれていることもあって、各国との交易は盛んだ。市場の品物は種類が豊富で、それぞれの国の特産物などが所狭しと並べられている。

「物資の流通はさすがだな。しかも物価もそんなに高くないとは……」

キースが市場にある幾つかの店を覗きながら、果物の新鮮さを確かめたり、時には買ったりして、味見をする。その真剣な横顔からは、普段ジュリアをからかったり、また淫らなことを仕掛けるような男だなどとは、とても想像ができなかった。

この人、やっぱり、国民のことをきちんと考えている君主だわ……。

彼の言葉の端々から感じとれるのは、自国民への愛情だ。庶民の生活を知っているのも、彼がきっと国民の生活に関心を寄せ、何らかを調べているからに違いない。

後ろからついてきている従者、ニコルもキースのすることを止めることもなく、庶民との交流をするがままにさせている。

たぶんこれがキースの普段の姿なのであろう。

庶民の生活を豊かにしようと努力していることが、ジュリアにも伝わってきた。

冷徹で暴君だという噂は噂でしかない。彼がこうやって動いていることを知らない人間が勝手に言っているのかもしれない。

そう思うと、ジュリアの胸も少しだけ痛んだ。誰かが彼を貶《おとし》めようとしている気がして、それを不快に感じる自分がいる。

……彼を誤解している人間は多いわ。一方では『英傑帝』とも謳《うた》われる良き皇帝であるのに、どうして……。

彼の今までの様子を見ていても、敵を作りそうなタイプであることは一目瞭然《いちもくりょうぜん》である。それに、彼自身にも他人にどう思われてもいいと思っている節があって、それが災いしているような気もする。

誰かが彼の味方になって、この噂を打ち消してくれればいいのだけれど……。

今までまったく知らなかった彼のことなのに、なぜかジュリアさえも心配になってくる。不思議だ。そう思わせる何かが彼にはある。

ジュリアがそっと気付かれないように彼の横顔を盗み見ていると、ふと彼と視線が合う。わざとらしく目を逸らすわけにもいかず、慌てて当たり障りのないことを口にした。

「リーフェの市場には大陸中の品物が集まってくるんです。珍しい食べ物も時々見かけるんですよ」

キースはその言葉には小さく『ああ』と頷いただけであったが、しばらくするとおもむろに口を開いた。

「神が本当にいるかいないかは別として、ここの国の人間は皆、幸せそうだな。何かに頼ることはあまり好ましくないと思っていたが、人によっては何かを信じることで、強くなれるのかもしれないな」

「キース……?」

彼の意図が掴めず、顔を上げると、彼の表情が僅かばかり歪んだのが目に入った。まるで不本意だと言わんばかりの顔つきだ。

「……リーフェの国の存在にも意味があると言っているんだ」

「え……？」

どうしてかジュリアの頬が熱くなった。キースに認められたことが、こんなにも胸を打つものだとは思ってもいなかった。しかも自分のことではなく、リーフェの国のことを褒められただけだというのに、自分がこんな反応をするなんて、意味がわからない。

「そ……そうですか。ど、どんな意識改革があったのかは存じ上げませんが、リーフェのことを少しでも理解していただけたなら、嬉しいです」

心臓がばくばくいうのを耳にしながら、ジュリアは、ことさら冷静に対応した。逆に意識しすぎて、いつもより冷たい言い方になってしまったかもしれない。

しかしキースはそんなジュリアの態度には無関心なのか、すぐにそのまま先を歩いていってしまった。

「キース……」

彼を怒らせてしまったのかと思い、焦っていると、ニコルが声を掛けてきた。

「皇帝は自ら認識の間違いを告白され、照れていらっしゃるんですよ。今まで女狐のいる国、などと仰って、リーフェの国を避けていらっしゃったのを、誤った認識だったとお認めになって、居心地が悪いだけです」

「そう……なんですか？」

何となく少し可愛いなどと思えてしまう。

「ええ、ですが、それも我が皇帝の良い面でもあります。まったく違った考えにも柔軟に対応できる適応力に優れていらっしゃるということにもなりますから。この大陸には、多くの違った考え方を持っている民族がたくさんおります。その方々の考えや主張を聞く耳を持ちながら、大陸を平定するには、キース帝のような方でないと無理なのです」

こうやってキースのことを慕う彼の話を耳にすると、やはり彼の悪い噂について気になる。

「あの……ニコルさんはキース帝に纏わる、あまりよくない噂をご存じですか？」

ジュリアの質問に、ニコルの笑顔が急に曇《くも》る。

「……ええ」

聞きづらいことではあるが、ジュリアも彼が皆に誤解されたままでいるのが辛いこともあり、あえて口にした。

「まだ彼と会って間もないですが、噂通りの冷酷な方ではない気がします」

ニコルの伏していた顔が上がる。

「その通りでございます、ジュリア様。どうかお噂を真に受けないでくださいませ！」

「ニコルさん……」

何か事情がありそうなニコルの様子に、ジュリアは不安を覚えた。

何かサバラン帝国で起きているのかしら……？

「私の口からは詳しく申し上げられませんが、ジュリア様、どうか我が主君のことを噂に惑わされることなく、まっさらのお気持ちで接してください」

「どうして、あんな酷い噂が横行しているの？　ニコルさんや他の方で食い止めることはできないのかしら……」

「それも事情がありまして……」

ニコルはしばらく言い淀むと、その真っ直ぐな瞳をジュリアに向けてきた。

「勝手なお願いとは承知しておりますが、どうかジュリア様が我が主君のお味方になっていただけないでしょうか？　悪い噂もジュリア様なら払拭《ふっしょく》されるだけのお力があるかと存じます」

どこか話がおかしな方向へ行きそうになって、ジュリアは慌てた。

「私にそんな力なんて……」

るでしょう」

「ジュリア様がお傍で支えてくだされば、きっと主君も思う存分、国政の改革に乗り出せ

「はあ……」

どういう意味かしら？　傍で支えるって言われても聖月祭は二週間しかないし……。

ニコルに言われたことがよくわからずに困惑するが、逆に、一つだけわかったことがあった。

――でも、やっぱり今のキースには、誰かしら邪魔をする人物がいるようね。今のままでは国政の改革に乗り出せない何かがあるんだわ……。

サバラン帝国にはきっと内部でキースの敵がいるのだろう。

ジュリアは何となく、彼らの状況を理解した。

でも、どうしてそんな大変なときに、聖月祭の招待を受けたのかしら。政治が不安定になりつつあるから神のご加護を……とも思えるけど、キースはあまりそういったことを信じていなさそうだし……。

謎が深まるばかりだ。

ジュリアがニコルに、そのことについて尋ねてみようと口を開きかけると、前を歩いていたキースが声を掛けてきた。

「早く来い。まったく、お前たちと一緒にいると日が暮れるぞ」

　そういう彼の手には食べかけのフルーツが握られている。どう見ても大帝国の皇帝とは思えない姿だ。ジュリアは一瞬呆れそうになったが、すぐに彼が気ままにフルーツを食べているだけではないことが、続く言葉からわかった。

「ニコル、このフルーツはダルフィルといって、一年中収穫が可能らしい。味がいい上に栄養価も高いようだから、国に戻ったら一度、このフルーツの試験栽培をしてみたい」

　珍しいフルーツを見つけるたびに、店を担当していた修道女にいろいろと質問し、サバランの国でも栽培できそうなものを探していたようだ。

「わかりました。そのように手配させます」

「あの、そのフルーツは土壌を選ぶので、土作りからしないと駄目なんですよ」

　ジュリアが横から口を挟むと、キースが意外そうな顔をして、ジュリアを振り返った。

「ジュリア、お前、そういう知識もあるのか？」

「ええ、ここ、リーフェでは農作物の自給自足は当たり前ですから。ここに住む修道女は皆、農作物の知識は深いです」

　幼い頃から、いろいろと教えられ、忙しい時間を過ごしてきた。決して神への奉仕だけではない。

「農作物の栽培を教える学校がリーフェにはあるというのか……」

「はい、私たちも神のことはもちろん、大陸の歴史や言葉、そして農作物、ハーブなどの栽培など、すべて神学校で習いました」

「教育がまずは重要というのは理解している。だが我が国では領土が広すぎて、なかなか学校という組織を確立させることが難しい」

「先生だけを派遣するという手もあるのでは……」

「それでも、まずは教える側の教育から必要だ」

キースは手に持つダルフィルの果実をじっと見つめた。きっとそのフルーツを国民に食べさせたいと願っているに違いない。

ジュリアがしばらく黙ってキースを見つめていると、彼が再び話し始めた。

「国民への食糧の安定供給は絶対不可欠のものだ。良いものを腹いっぱい国民には食べさせてやりたい。平和や幸福の原点はまずそこからだと思っている。飢饉《ききん》が続けば、疫病《えきびょう》が流行《はや》り、戦争も勃発《ぼっぱつ》するからな」

近年、大陸の南側の国々で、大干ばつが続き、多くの人間が亡くなっていると聞いている。そのため一部の国では反乱や戦争が起き、悲惨な状況になっているらしい。

キースはきっとそのことも考えて、国民を守ろうとしているのだ。

「我が国民にはそんな思いをさせたくない」

大陸最大級の領土を誇るサバラン帝国の国民が、膨大な数であることは簡単に想像できる。その国民すべてを幸せにすると彼は決めているようだった。

この人、やっぱりただ国を治めているだけの人じゃない。常に国民のことを考えて動いている人なんだわ――。

ジュリアは彼が『英傑帝』と呼ばれ、人々から敬われている理由の一つがわかったような気がした。

「誰もがサバラン帝国の民になりたいと思わせる国にせねばならぬ。人が増える国は、国としても豊かになるからな。そのためには、人が増えても食糧は満ち足りておらねばならぬ。私はまずは、誰もが飢餓に苦しむことのない国を目指す」

誰もが飢餓に苦しむことのない国――。

リーフェの国が願っていることと同じだ。しかし、リーフェにいるだけでは、願うことや物資援助が精一杯だ。自らが動いてどうにかなるものではない。

でも――。

でもこの人なら、自らの手で国民が幸せになれる国造りができそうな気がする。

私、この人の目指す先が見てみたい――。

ジュリアの胸が大きく欲求で膨らんだ。神に仕えること以外で、こんなにも欲する気持ちを持ったことはない。

こんな気持ち、初めて――。

ジュリアは次第に胸の鼓動が速くなるのに気付かずにはいられなかった。

市場がある中央広場を中心として、そこから放射線状に幾つもの細い石畳の道が、国境沿いへと続いている。

ジュリアはキースの後を追って、高台へと続く道を進んだ。

高台へ行く途中、路地から空を見上げると、青い空がひしめき合った屋根の間から見え、きらきらと輝いているのが目に入った。

何もかも平和に満ちた風景に、ジュリアは今日も神へ感謝した。

こんな優しい時間がいつまでも続きますように――。

高台からはリーフェの町が一望できる。青い空の下、町の中央に聖教皇女の宮殿と大聖堂があり、その周りを幾十ものオレンジ色の屋根が、宮殿を囲むように並んでいる。

ジュリアにとっては、見慣れた光景ではあるが、何度見てもこの町の美しさに心奪われる。

「寒くないか？」

「大丈夫です」

そう言った途端、キースが、羽織っていたマントを無造作にジュリアに投げつけた。

「え？」

「それを着ていろ」

不器用ではあるが、キースがジュリアのことを気遣っての態度であることが伝わってきて、ジュリアの頬が熱くなる。

もう、こんなことで、私も動揺したら駄目だわ！

心の中で自分を叱咤《しった》し、平静を装って、渡されたマントを羽織った。

秋も深まったリーフェの風は少しばかり冷たかった。ジュリアが肩を竦めたのを、キースは見逃さなかったのだろう。

「あの……どうしてここに？」

先ほどの市場見学は何となく理由がわかる。きっと市場の調査を兼ねてのことであろう。

だがここは、あまり彼の国に役立つようなことはなさそうな場所だ。

「私の亡き母が、ここからの景色をとても気に入っていたようで、私が子供の頃、よく聞かされたから、一度見ておきたかっただけだ」

「お母様が?」

「ああ」

彼は相槌《あいづち》を打ち、視線を遠くした。ジュリアには、彼は景色を見ているのではなく、昔を思い出しているように思えた。

「母はヴァビルゼンの王族の出身で、本当はこのリーフェに移住し、修道女になりたいと思っていた人だった。だが、私の父からの求婚を断れず、そのまま諦めてサバランに嫁いできたらしい」

「そうだったんですか……」

リーフェは女性に対して、門を広く開放している。他国の出身者であっても、希望によってリーフェの修道女となることができる。たぶん、キースの母親もその制度を使ってここに来たかったのであろう。

「その母がいつも私にここからの眺めの話をしていたのさ。自分がリーフェに巡礼に行くと、必ず見に行くってね。あまりにも楽しそうに話すから、いつか機会あったら、私も見に行こうと思っていた。ようやく今日、それが実現した」

キースの視線が戻ってくる。彼の紅い瞳と視線がかち合ったかと思うと、町の中央にある大聖堂の鐘楼から、鐘の音が響き渡る。

荘厳な音色にしばし心を傾けていると、ふとキースが吐息だけで笑ったのがわかった。しかしどこか寂しげな彼の様子に、ジュリアは不安になった。

まるで彼がこの景色に溶け込んでしまいそうな感じがしたからだ。

「キース？」

呼びかけると、彼がふと呟いた。

「夢のような国だな」

「え？」

「誰もが豊かで笑っている。教育も末端まで行き渡り、こうやって鐘の音をゆっくりと聞く時間もある。人々の生活の中に、平和と幸福が溢れている。まさにここは夢のような国だな」

「サバランでも実現できると思います」

ついジュリアはそんなことを言ってしまった。確信があるわけではない。しかし彼ならやってしまえるような気がした。

ジュリアの言葉に、キースが表情を和らげる。

「そうだな、母がここを好きだった訳がわかったような気がする」

「え？」

「彼女は心の平穏を求めていたんだろう。母は死ぬ間際までサバランを平和な国にするよう、私に言い聞かせていた。きっとリーフェのような国にしたかったに違いない」

心の平穏……。

ジュリアは生まれたときからこの国にいたので、戦いとは無縁の生活を営んできた。しかし他国で生活する人々は、戦争までいかなくとも、愛のない政略結婚や、望まぬことを無理強いされたり、心乱されることが多いと聞く。

キースの母のように、リーフェで暮らしたくとも結婚せねばならなかった人もたくさんいただろう。

「あ……でも、キースのような皇帝に相応しい息子を持たれて、お母様も幸せだったと思います」

「え……？」

キースの紅い瞳が僅かに見開く。

ジュリアも深く踏み込んでしまった……と思いながらも、どうにかフォローしようと思って言葉を続けた。

「あの……ですから、こうやって国のことを真剣に考えたり、国民の幸せを願う皇帝は、平和を願っていたお母様にとって、ご自慢の息子じゃないかと……」

「お前に褒められるとは、私も地に落ちたものだな」

「な……もう、どうして素直に受け止めないんですか」

ジュリアが頬を膨らませた途端、キースがプッと噴き出した。

「お前は大人のようで、まだ子供なのだな。だが、もしかしたら、それでも私よりは大人なのかもしれない」

「どういう意味で……す……」

反論しようと思って、顔を上げると、キースの顔が予想以上に近くにあって驚く。

え……。

彼の唇が大切な宝物に触れるかのように、そっとジュリアの唇を塞いできた。そして優しく下唇を噛む。

刹那、ジュリアの躰にじんわりとした淫猥な痺れが湧き起こった。

「んっ……」

くぐもった声を出すと、彼が吐息だけで笑い、唇を離す。

「こんなことでも感じるのか？　可愛い小猿だな」

キースの表情があまりにも優しくて、ジュリアは思わず見惚れてしまい、返答に少しだけ変な間が空いてしまう。

「……小猿じゃありません」

「確かにな。大体、小猿では、私とセックスもできないしな」

と言いながら、キースは再びジュリアに素早くキスをしてきた。

「な……ななな……デリカシーなさすぎです！」

「そんなもの、私に求めるほうが間違っているぞ」

そう言って笑うキースの笑顔は、いつもの意地悪げなものに戻っていた。

「それにニコルさんたちも見ているわ！」

実は後ろにニコルと護衛の騎士が控えていることを、ジュリアも今さらながらに思い出して、口にする。

「見せておけ。減るもんじゃない」

「減ります！　絶対減りますから！」

迫ってくる彼の胸板を、両手で押し返そうとしても、力が足りず、抱きこまれる。

「嫌がるお前も可愛いな。じゃ、もっとキスでもするか？　いやそれ以上でも構わないが？　外でまぐわうのもなかなかスリルがあっていいぞ？」

「もう、どうしてそういうことを！」

耳まで真っ赤になっているのが自分でもわかる。キースにからかわれているのだと思うのだけど、反応してしまう。

せめて目だけは逸らさずに睨んでおこうと、キースの顔を見つめると、それまで笑っていたはずの彼の表情が、いつの間にか真剣なものへと変わっていた。

「キース？」

「一緒に女狐のところに行くぞ」

「フェリシア様のところへ？」

フェリシアの名前を口にした途端、ジュリアは小さくあっと声を出して、慌てて口を塞いだ。これではジュリアもフェリシアのことを女狐と認めているように思われてしまう。

案の定、キースがにやりと嫌な笑みを刻んだ。

「お前も、フェリシアが女狐だと認めたな」

「違います。あなたがいつもそう言うから、察しただけです」

「ふーん」

双眸を細めて長い相槌を打たれる。まったく感じが悪い。

「まあいい。帰りに学校を覗きたい。それが終わったら、そのまま女狐のところへ行くからな」

「え？　どうして聖教皇女様のところへ……」

「さて、景色も満喫《まんきつ》した。行くか」

ジュリアの質問を無視して、キースが踵を返す。

「どうしてそんなに自分勝手なの？　もう」

答えをはぐらかされた感は拭えないが、ジュリアは黙ってキースの後を追うしかなかった。

第四章　傲岸不遜なプロポーズ

そうして、今、ジュリアはキースと二人で聖教皇女、フェリシアのティールームに来ていた。テーブルを挟み、フェリシアと向かい合って座っている。

宮殿に戻ってきたのが、ちょうどフェリシアのお茶の時間に当たり、そこへ伺うことになったのだ。

秋の日差しがティールームに長い影を作っている。夏とは違って、三時を過ぎると、既に夕方の匂いを感じる太陽の光の色合いに、ティールームが染まる。決して強くない日差しの中で、三人は紅茶をいただいていた。

だが、穏やかな様子で会話が弾んでいるかといえば、そうではない。キース以外の誰しもが、驚愕の色を隠せず、唖然としていた。

「な……なんと申されましたか？　キース帝」

普段から冷静沈着であまり動揺した姿を見せたことのないフェリシアが、驚きのあまり声を僅かだが震わせた。

ジュリアにいたっては、躰が硬直してしまい、声どころか息もできない状態に陥っていた。

キースはフェリシアの問いに、悠然と笑みを浮かべた。

「おや？　聞こえませんでしたか？　では、もう一度言わせていただきましょう。サバラン帝国、第四十六代皇帝、キース・ハーヴェル・ブライアンは、ここにいる司祭、ジュリア嬢に結婚を申し込む」

「ええっ!!」

フェリシアが驚きの声を上げるが、ジュリアは未だ声も出ない。

「それはどういうことでしょうか、キース帝。ジュリア司祭があなた様との結婚を承諾したと受け取っても宜しいのでしょうか？」

「ああ、構わない」

長い脚を優雅に組み替え、のうのうとそんなことを告げるキースに、ジュリアは思い切り首を左右に振った。

私、そんなこと、全然聞いてないわっ！

フェリシアと視線が合い、ジュリアはさらに首を横に振った。

「キース帝、このジュリア司祭の様子からしても、彼女が承諾したとはとても考えにくいのですが」

フェリシアの言葉に、ジュリアは縦に首を振った。

「照れているだけであろう」

そんなことをしれっと言う男を、ジュリアは睨みつけた。

そんな二人の様子を見ていたフェリシアがティーカップをテーブルの上に置き、大きな溜息を吐いた。

「キース帝、ジュリア司祭はこのリーフェにとってはなくてはならない人材です。彼女は聖教皇女候補生でもありますし、司祭という位にもあります。どうぞお戯《たわむ》れはご容赦くださいませ」

「聖月祭がきっかけで、実際結婚した人間もいると聞くが？」

「それは稀なことでございます。確かに結婚した人間もおりますが、それは双方の思いが通じ合い、神に祝福された出会いであったからです」

「ならば、問題ない。我々の思いも通じ合い、神に祝福されるものだ」

「ええっ⁉」

再びジュリアが声を上げると、キースがちらりと隣に座っていたジュリアに視線を寄越す。黙っていろと無言で制された気分だ。

「そんなに驚くことはないだろう？　ジュリア。我々はベッドの中であんなに激しく愛し合ったではないか」

「なっ……」

顔が一瞬で真っ赤に染まる。

この人は、皆の前で何てことを言うのかしら！

キッと睨むも、キースは見たことのないような優しい笑顔をジュリアに向けてきた。

ええ？　なに？　その笑顔！

ジュリアが彼の笑顔に動揺しているのを知っているのか知らないのか、キースはさらにジュリアの手を取るとその手の甲に唇を落とした。

「愛している、ジュリア」

ええ～っ⁉

あまりの衝撃に、一瞬頭が真っ白になる。

「君も私のことを愛していると言ってくれたではないか？」

今までに聞いたことのないような甘い声で囁かれる。

こ、これは……三文芝居より酷いわ！

こんな嘘を堂々と告げるキースを見て、ジュリアはよくそんなことが言えるものだと、呆れてしまう。

聖教皇女様の前で、こんなことをするなんて、信じられない！

「そ、そんなこと言ってません！」

どうにか声を出す。だが敵も手強い。

「照れなくてもいい、ジュリア」

「照れてません！」

そう叫んだ途端、キースの胸に抱き締められてしまう。

「聖教皇女、ジュリアはかなりの恥ずかしがり屋だ。私との恋仲をあなたに知られるのが嫌なようだ」

「ジュリア司祭、本当なのですか？」

フェリシアは半信半疑でジュリアに声をかけてきた。もちろん、恋仲などとはキースのでまかせだから、首を横に振ろうとした。

だが、ジュリアの顎を横から摑む手があった。キースだ。これでは、横に振ろうと思っ

た首が動かない。

そのまま顔を上げさせられ、キスを仕掛けられる。

んんっ！

キースの舌が、ジュリアの歯列を割って滑り込んできたかと思うと、ジュリアの舌をきつく搦《から》めとってくる。その舌からどうにかして逃げようとしても、キースはジュリアの舌を執拗に追い、何度も捕らえてきた。いわゆるディープキスだ。

声が思うように出ないのをいいことに、口腔を彼の思う存分蹂躙《じゅうりん》される。次第に淫靡な熱が口内で生まれ、その熱が出口を求めて躰中を駆け巡り始める。

な、なんなの？　この感覚！

「んっ……」

躰の芯が徐々に痺れてくる。甘い痺れがジュリアの下腹の辺りからじわりじわりと、ジュリアを追い詰めてきた。

「っ……」

キースの唇が離れた途端、ジュリアの口許から吐息が零れ落ちる。

たっぷりと唇を貪られたため、そのまま躰から力が抜け、椅子から床へ落ちそうになった。それをすかさずキースが支えてくれる。

「ん……」

ジュリアはキースの胸に顔を埋めるような形になってしまった。

「これで、おわかりいただけましたでしょうか、聖教皇女殿」

な……聖教皇女様の前でなんということを――！

ジュリアはこんな痴態《ちたい》をフェリシアに見せたことに動揺し、躰を硬直させた。

一方、フェリシアは冷ややかな声でキースに対応した。

「キース帝、わたくしにはジュリア司祭が結婚を承諾したようには見えませんが？」

その声にキースは、洗練された仕草でテーブルの上のティーカップを手にとり、そしてなんでもないことのように、さらりと答えた。

「では、もっとはっきりと見えるようにしないといけないですね。国境沿いに我が軍勢が現れれば、あなたの視野をもっと広げられるでしょう」

「え……？」

ジュリアはキースを信じられない思いで見上げた。

「軍……ぜ、い？」

彼はこの国を占領しようというの――！

ジュリアは彼にしがみつく手に力を入れた。だがキースは、その仕草を気にもとめず、話を続けた。

「リーフェ聖教皇女領国など、いわば普通の国からしたら、一都市の大きさに過ぎない小さな国家。我が軍勢のほんの一部でこの国を完全封鎖することなど他愛のないこと」

「キース帝っ！」

フェリシアが怒気を含んだ声を上げる。だがそれさえもたいしたことなさげに、キースは双眸を細めた。

「そんなに大声を出されずとも、聞こえていますよ、聖教皇女殿」

「……リーフェを脅迫するおつもりですか？　この国をどうにかしようなどと、神を裏切るに値します」

「神？　もとよりそんなもの信じておりませんが？」

「なっ……」

ティールームが騒然とする。

「私が何の策略もなく、この国の祭りに参加したと思われますか？　このリーフェの周囲には我が軍勢がいつでも出陣できるように待機していると思われたことはないのですか？」

「そのようなことは、あり得ません。国境沿いにあなた様の国の兵士の姿を見たなどという報告は入っておりません。そのような脅しでわたくしを騙そうとしても無駄です。キース帝よ」

フェリシアは凜とした佇まいで、キースに対峙《たいじ》した。しかし、キースがそれまでと違って、急に横柄な態度を見せた。言葉遣いも変わる。

「あまりサバラン帝国を甘く見ないほうがいいぞ？　聖教皇女殿」

「聖教皇女様に向かって、なんという口の利きようですか！　皇帝であっても許されませんよ！」

聖教皇女を守る女衛兵が威嚇《いかく》するように剣へと手を伸ばしてみせた。それをキースは鼻で嗤《わら》って返す。

「別に私は誰にも許されなくてもいい。己のことは己で責任をとる」

己で責任をとる――。

今まで動揺していたジュリアは、ふと彼の言葉を心の内で反芻《はんすう》した。すると胸が締め付けられたように痛くなった。

彼は英傑帝と呼ばれるまでには、きっと過酷な道のりがあったに違いない。それゆえの言葉のような気がして、その重みに急に切なくなったのだ。

会ったばかりのときにはこんなことは感じなかった。ただの傲慢で不遜な皇帝だと思っていた。

だが、今はそれだけではない。彼の中にはジュリアでは想像がつかないほどの、痛みや悲しみが眠っているような気がする。彼が時折見せる寂しさを纏った雰囲気に、ジュリアの心が痛くなるのは、きっとそのせいだ。

だがキースはそんな苦難をすべて己の足で踏みつけて、前へと進んできたのだ。

己のことは己で責任をとりながら――。

そんな彼がどうして結婚したいなどと、突然言うのかわからない。

私は一体、どうしたいのかしら……。

ジュリアは自分の気持ちがわからなくなる。するとフェリシアが、先ほどよりは冷静になった様子でキースに声をかけてきた。

「キース帝よ、ここはあなたにとっては、いわば敵陣となるわけですよ。ご自身の命の危険はどう回避されるおつもりですか？」

「私の身に何かあったらすぐに軍勢がこの国に押しかけてくることになっている。皇帝を暗殺しようとした、もしくは暗殺した、という大義名分を手にな。さらに神の国とは名ばかりで、罪も犯さぬ人間を殺したと、世間でも噂が立つだろう」

キースの答えにフェリシアの眉が僅かばかりに歪む。キースはその表情を楽しむかのように、言葉を足した。

「聖月祭に参加した男が、どんな理由であれ、宮殿内で殺されたとなると、今後の参加者にも影響するだろうな」

「あなたがなさろうとすることは、神をも冒瀆《ぼうとく》する行為です」

「だから私は神を信じぬと言ったであろう？」

キースは世間話でもしているかのような、何でもない様子で紅茶に口をつけた。

「……聖月祭を台無しにするおつもりですか？」

「聖教皇女殿の出方次第だと言っている」

ふてぶてしくキースが告げる。

「ジュリアとの結婚を認めるか、それとも我がサバランの属国となるか、聖教皇女、あなたが決めるがよい」

フェリシアがキースの言葉に口を閉ざすのを見て、ジュリアは決心するしかなかった。

自分が聖職者を諦め、普通の女性として生きることを選択すれば、この国はサバランの属国にされることもないし、戦争も避けられる。

でも――――。

神に仕えることの幸せに満たされ、平穏な生活を送る毎日を、簡単に手放すことができるのかしら――――。

ジュリアは自分を慕ってくれる修道女たちの顔を思い出した。

誰もが笑顔だった。

そうよね――。

ジュリアはふと思った。

悩む必要はないわ。彼女たちの笑顔を守るための答えは一つだから――。

ジュリアは隣に座るキースの顔を改めて見上げた。神秘とも思える紅い瞳は、迷いの色を見せることなく、静かに正面に座るフェリシアを見つめている。

彼の本意が知りたい。

そんな欲求が沸々とジュリアの中から湧き起こってくる。

少し前にも彼の見据える未来が見たいと思ったはずだ。

なら――!

この国を守るために自分を犠牲にするという考えは絶対したくない。自分がこの道を歩むと決めたからこそ、後悔をせずに前へと進んでいきたい。

結果的には同じでも、ジュリアにとって、両者は大きく意味が違った。

「聖教皇女様、私はキース帝と結婚します」

ジュリアの声に、キースとフェリシアの視線が一斉にジュリアに注がれる。

「ジュリア司祭!?」

「私はサバラン帝国、キース帝の元に嫁ぎたいと思います」

キースの瞳が僅かに見開かれたのが、横に座っていて何となく伝わってきた。彼自身もジュリアが簡単に承諾するとは思っていなかったようだ。

「ですが、ジュリア司祭、あなた……司祭の座は……いえ、聖教皇女候補の道を諦《あきら》めるのですか?」

確かに正直に言えば未練がある。しかし自分が今なすべきことをせずにして、どうして聖教皇女の名前が名乗れるか、と思う自分もいる。

この国にいなくとも、神の加護を感じられるよう精進したい。もしかしたら、それこそがジュリアに神が与えられた運命なのかもしれない。

「そういった身分とは関係ない世界へ行くことになりますが、私の神への信仰心はこんなことでは揺るぎません。この国と離れて暮らすことになっても、心はこの国と共にあります」

「ジュリア司祭……」

フェリシアはジュリアの言葉に声を詰まらせた。

「よく言った、ジュリア。さすがは私の花嫁だ。その潔《いさぎよ》さは賞賛に値しよう」

キースが再びジュリアの手の甲を持ち上げ、唇を寄せる。

「贅沢《ぜいたく》をさせてやる」

「いえ、そんなものはいりません。それよりも戦いのない、平和な世界が欲しいです。あなたならきっと手に入れられるはず」

キースの動きが止まった。そのまま彼と視線が絡み合う。彼のルビーのような瞳に、ジュリアの真摯な表情をした顔が映る。彼の瞳の奥が僅かに揺れるのが見て取れた。

「キース？」

「……お前の望むものは必ず与えてやろう」

まるで愛おしいものを見つめるように、彼の双眸が細められる。

な……なに？　そんな風に急に見つめないで。

ジュリアの心臓が何故か怪しい動きをする。

どぎまぎしていると、キースがジュリアから視線を外した。フェリシアに向けたのだ。

「明日にでも、これを我が国に連れて帰る。いいな」

「ええっ⁉　そんな、突然すぎます！」

驚いてジュリアが声を上げるが、ジュリアの話など聞いてはいないようで、キースはフェリシアに視線を向けたままだ。一方フェリシアも眉間に小さな皺を作り、口を開いた。

「キース帝。聖月祭の間は、こちらに留まるのが慣例です。しかもジュリア司祭にいたっては、俗世へ戻るために、還俗《げんぞく》の儀式をしなければなりません。司祭という位から考えても、いい加減なものはできません」

「時は一刻を争う。聖月祭で済ませられるよう手配してほしいものだな」

時は一刻を争う？

ジュリアはふと気になった。

「どうしてそんなに急がれているのですか？」

考えることもなく、疑問が口を突いて出る。するとキースがちらりとジュリアに視線を戻した。

「深い理由はない。だが大きな国を治めるということは、時間が大量に費《つい》やされる。無駄な時間は少しでも省きたいというのが正直なところだな」

還俗の儀を無駄な時間と言い切るところが彼らしいと言えば彼らしいが、何か理由があるに違いないとも思えた。

『大きな国を治めるということは、時間が大量に費やされる』

ジュリアはその言葉に引っ掛かりを覚えた。

一見、平然としているように見えるが、彼の周囲で何かが起きているのかもしれない。

「何かお考えがあるようですね」

ジュリアの言葉にキースが一瞬、瞠目《どうもく》する。彼のその表情にジュリアの推察があながち外れてはいないことを悟る。

やっぱり、この人、ただの横暴なだけの人間じゃない。常に国のことを考えている立派な皇帝だわ……。

ジュリアは自分の胸のうちに、彼に対する興味が大きく膨らみ始めたのを感じた。

キースをもっと知りたい。いえ、知らなければ――。彼が英傑帝と呼ばれる理由や、それとは反する黒い噂の真相をきちんと知りたい――。

ジュリアは改めてフェリシアのほうに顔を向けた。

「聖教皇女様、私の還俗の儀は、慎ましいもので結構です。主に私がお傍にいられなくなったことをお伝えするだけで、私は満足です」

「ジュリア司祭……」

「いろいろと今までありがとうございました」

ジュリアの言葉にフェリシアは首を横に振るばかりだ。

「伝えるだけだなんて……そればかりはジュリア司祭、あなたの願いでも聞けません。時間がないというのなら、明日、略式的なものしかできませんが儀式をしましょう。主もあなたがいなくなったら、きっと寂しがりますよ。この国の女性はすべて主の子供なのですから」

　そこでフェリシアは言葉を意味ありげに一度切って、キースに視線を向けた。

「それに、この皇帝が、口先だけであなたを花嫁にすると言っていないのなら、神の前でジュリア司祭を一生大切にすると誓ってもらいましょう」

「聖教皇女様……」

「皇帝よ、これがわたくしからの最低条件です。本来なら聖月祭を終えてから、しかるべき手順を踏んで、ジュリア司祭への結婚の申し込みをするところです。それを強奪するような形で進められたのですから、これ以上は譲れません。この条件を拒否されるなら、たとえあなた様の国と一戦交えようとも、認めません。国の沽券《こけん》にかかわることですから」

　フェリシアは一度も目を逸らすことなく、キースを見つめながら告げた。そんなフェリシアに、キースは仕方ないという様子で、返答した。

「わかった、聖教皇女殿、あなたの条件を飲むことにしよう。一つくらい恩を売っておいてもよかろうしな」

「恩ではありませんね、キース帝」

「さて話は終わった」

フェリシアの言葉を無視してキースは椅子から立ち上がった。

「ジュリア、部屋に戻るぞ。甘い恋人が過ごす時間をこれ以上減らされたくないからな」

「え？　ええ？」

キースは驚くジュリアの手を取ると、無理やり立たせ、そのままフェリシアに別れの言葉を告げ、ティールームから出た。

「キ、キース！」

ティールームから出ても、キースのジュリアの手を摑む力は緩まなかった。力強く握ったまま、廊下を歩く。

こんなことを言う人だったかしら、キースって……。

いくらフェリシアの目を誤魔化すための演技だとしても、恋人の睦言《むつごと》のようなことをすらすらと口にするキースに驚くばかりだ。

すると前を歩くキースから呟き声が聞こえてきた。

「まったく、お前というものは……」

「え？　私が何か？」

よく聞き取れなくて、聞き返すと、キースがいきなり振り返った。

「お前が予想もしていなかったことを口にしたから、キた」

「キた……って……」

「お前を抱きたいって思ったということだ」

「な……なな……何を急に言われるんですっ」

「そんな蠱惑《こわく》的な緑の瞳で私以外の男を見るなよ。もし見たら、その男を死刑にしてやる」

「そ、そんな横暴ですっ」

一体、この人は何なのっ？

躰から力が抜けそうになるのを堪えて、キースが滞在するのに用意されていた建物へと戻る。寝室の前まで行くと、扉の前でニコルが待っていた。

「お帰りなさいませ」

「例のものは用意できたか？」

「はい、寝室に既に運び入れております」

例のもの？

意味ありげな言葉にジュリアの興味がそそられる。キースはこの部屋に何かを持ち込んだようだ。

「何を持ち込んだのですか？」

「いいものだ。お前にプレゼントしようと、昨日、特別に急いで工房に作らせたものだ」

「昨日？　そんなに急ぎで何を……」

ますますわからない。ジュリアのためというのなら、結婚式に関係するものだろうか。

ジュリアはどきどきしながらも、寝室へと入った。

昼の日差しが降り注ぐ寝室に、不似合いな回転木馬が置かれている。

よく祭りや、サーカスなどが街に来たときに、一緒に広場に設置されるメリーゴーラウンドの小さいものだ。

街角に設置されるものは、少なくとも木馬が二体から三体あるが、ここにあるものは一体だけで、こぢんまりとしている。

普段は子供が乗って遊ぶものである。ぜんまい仕掛けになっており、螺子《ねじ》を回すと、木馬がゆらゆらと揺れながら、回りだすのだ。

貴族などの家では自分の子供のために、個人的に回転木馬を持っているところもあると聞くが、ジュリアにとって、こうやって室内で見るのは初めてである。

「回転木馬……ですか？」

小花や小鳥などの彫刻があしらわれ、見た目にも可愛らしい回転木馬だった。ピンクに塗られた馬は、もし女の子であればとても喜ぶものであろう。

しかし本来、回転木馬は子供用の乗り物だ。そういう意味では、この寝室に置かれていることに少し違和感を覚えた。

寝室に回転木馬なんて……。もしかしたらサバラン帝国には、結婚が決まると回転木馬を将来の子供のために用意する風習があるのかしら……。

ジュリアが回転木馬に気を取られていると、キースがいつの間にか部屋の隅へと移動していた。

「それから、こちらは祖国より取り寄せた、我が皇帝家秘蔵の美酒だ」

部屋の隅に置かれていたワゴンからボトルを手に取る。

「皇帝家秘蔵の……？」

「飲むか？」

ジュリアに一応聞いてはいるものの、キースは返事を聞かずに、早速ボトルのコルクを開けて、近くに置いてあったグラスに注ぎ始めた。

「あのお酒はあまり……」

「飲め。聖教皇女にも報告して、めでたくお前はサバラン帝国の皇妃になるのだぞ。前祝いの酒だ」

そう言われては、無下に断ることもできず、ジュリアは差し出されたグラスを手にとった。

赤ワインであろうか。綺麗なルビー色の液体がきらきらとグラスの中で輝いている。

「乾杯だ。未来の我が妃よ」

キースがグラスを掲げてくる。それに合わせてジュリアもグラスを目線の高さまで持ち上げた。

キースと視線が絡み合う。それと同時にジュリアの動悸が少し激しくなった。

キースがワインに口をつけたのを見て、ジュリアもワインを飲んだ。カッと躰の芯が一瞬熱くなる。

やっぱりお酒は苦手だわ……。

そう感じながらも、キースに悪いと思い、どうにかグラスのワインを飲み干す。

「明日はいっそのこと還俗の儀と共に婚儀の報告も済ませるか」

「え？」

いきなりキースがとんでもないことを言ってきた。

「各国の皇帝の結婚は、このリーフェで聖教皇女の祝福を受けないとならないという慣習がある。どうせまた来なければならないのなら、明日ここで婚儀の報告も一緒に済ませるのもいいいな」

確かに皇帝の結婚は、婚儀の前後に神へ報告をするという意味で、リーフェ聖教皇女領国に来なければならないことになっている。それを怠《おこた》ると、世継ぎに恵まれず、国が繁栄しないと言われているからだ。

しかし国の重鎮にも報告せずに、一国の、しかもサバラン帝国という大陸屈指の大国の皇帝が、勝手に結婚を決めていいはずがない。

「キース、あの、お国の方たちの承諾とか、他にもいろいろしなければならない義務があると思うのですが、それらは大丈夫なんですか？　皇帝がいきなり勝手に結婚を決めるなんていいはずが……」

「誰にも反対はさせない。既成事実もあることだしな。国に戻ったら、お前のために盛大な結婚式をしてやろう」

「してやろう……って。そんなに簡単に言わないでください。結婚って、とても神聖なものなんです。後で、やっぱりやめた、なんて言えないものなんですよ！」

「ああ、まったくお前の小言は煩いな。私に口ごたえする女など、この世でお前くらいのものだ」

「なら貴重だと思って、ちゃんと聞いてください」

ジュリアの言葉にキースが驚いたように目を見開く。そしてすぐにプッと噴き出した。

「なかなか言うな。そうか、お前は貴重か」

「もう、揚げ足をとらないでください」

意地の悪い笑みを向けられ、ジュリアはぷいと視線を逸らした。

なんだか私たち、仲がいいような気がするわ……。

あり得ないことがジュリアの脳裏に浮かぶ。しかしこうやって気軽に言い合いするのが、どこか楽しいのも事実だ。

どうかしちゃったのかしら、私……。楽しいだなんて。

そんな訳がないとばかりに軽く首を横に振ると、ワインのせいか、少しだけ頭がふらつく。

これ以上飲まないようにしなきゃ。

「それに……」

ジュリアが酔いを意識していると、キースがゆっくりと口を開く。

「早くしないと、聖教皇女など、誰かからお前との結婚を阻止されるかもしれないからな。いろいろと手を打っておきたい」

「阻止されるって……」

そんなことを心配しているなんて、思ってもいなかった。

ぼぉっとキースの顔を見つめていると、彼がバツの悪そうな顔をして言葉を続けてきた。

「ジュリア、お前はエリート候補生なのであろう？　しかも司祭であったのに、強引にお前を奪うのだ。何らかの抵抗があっても不思議ではない」

「そんなにしてまで、どうして私と結婚なんて……」

「お前も自分で言ったではないか。貴重だと。その通りだ。お前は私にとって貴重な女だからだ」

「え……」

顔に熱が一気に集中した。ワインを飲みすぎたせいだけじゃない気がする。

「お前なら、どんな荊《いばら》の道であっても、共に歩めるだろう。私は小さなことではへこたれない強い女が好きだ」

「共に歩める……強い女……」

鼓動が大きくドクンとジュリアの心ごと波打つ。

え……。

途端、躰の芯が燃えるように熱くなる。

一体、何――？

酔ったにしては明らかにおかしい症状がジュリアに現れる。

「あっ……」

躰の神経という神経が粟立つような感覚に、ジュリアは立っていられず倒れそうになる。それをキースが横から支えてくれた。

「ジュリア」

「ああ……っ」

キースが支えてくれた手に、どうしてか躰の下肢が甘く痺れる。

何故、こんなに感じるの――――！

訳がわからず彼を見上げると、彼の瞳が笑っているのを目にした。

キース――――！

咄嗟《とっさ》に彼が何か仕掛けたのを悟る。

「可哀想に。少し薬が強すぎたのかもしれないな」

「く……すり……」

「皇家秘伝の酒にはよく効く媚薬が入っていてね。昨夜の宝玉とはまた違った感覚に酔いしれることができるんだ」

そんなことを言ってくるキースが信じられない。

「……ど、どうして、こんなことを……」

「お前に一人遊びを教えないといけないからな。夫が城を留守にしている間、他の男と浮気をしないように、一人で愉しむ術《すべ》を知っておかねば、困るのはお前だろう？」

「そ……そんなこと、困りません……っ……あっ」

腰をそっと撫でられただけで、じわりとした快感がジュリアの中から生まれる。

「キ……キース」

キースは癖のある笑みを零しながら、ジュリアの手にあったワイングラスを取り上げた。

「まだ陽も高い。明日の朝まで思う存分、愉しめるぞ」

明日の朝まで——。

明日は還俗の儀をする予定だ。そんな大切な日の前日に、淫らなことなどしたくない。

それに明日の朝までという長い時間、あの途方もない快楽に苛《さいな》まれるかと思うと、恐怖で背筋が震える。

しかしその震えをキースは違う意味に受け取ったようだ。ジュリアの髪に唇を寄せながら囁いてきた。

「朝まで抱かれるかと思ったら、嬉しくて、もう感じたのか？」

顎を指で持ち上げられる。それだけでざわざわした甘い痺れが生まれる。

「あり得ないことを口にしないでください。そんな獣ごときのようなこと、お相手はできません」

「相手ができるかどうか、確かめてみればよい」

キースの艶めかしい唇が、そう告げると同時に、彼の指は器用にジュリアのドレスのボタンを外し、脱がせてくる。そのままベッドに押し倒され、露になった肩に舌を這わせられた。

「あっ……んっ」

ぞくぞくとした刺激がジュリアの下肢を直撃する。媚薬のせいか、とても感じてしまう。

「コルセットというものは、まったく脱がせにくいものだな。だが、苦労して脱がせるからこそ、愉しいということもあるか」

「キース！」

精一杯抵抗をしてみるが、四肢を押さえられた状態では思うように動けない。そうしているうちにコルセットも外され、ジュリアの太腿に辛うじてドレスが纏わりついているだけの状態にされてしまう。

「陽の光の下で見ても綺麗な肌だな。しかし、裸体にユニコーンの角というのも、なかなか卑猥だな」

ジュリアの白い肌の上にユニコーンの角が艶めかしく輝いているのが目に映る。

「見ないでくださいっ」

ジュリアは慌てて両手で胸とユニコーンの角を隠した。しかしその腕をキースに掴まれ、胸から剥がされてしまう。

「あっ……」

キースの顔が近づいてきたかと思うと、そのまま乳房の中央に慎ましく眠っていた乳首に舌を絡めた。

ねっとりと湿った感覚が胸に広がる。しかしそれもジュリアの躰の芯に更なる熱を帯びさせるだけだった。

「ああっ……」

ジュリアの快感を敏感に感じ取り、キースが執拗に胸の飾りを攻めてくる。乳房を彼の手のひらで鷲摑みされ、激しく揉まれながら乳首を吸われた。

「や……め……て……ああっ……」

次第に乳首に彼の歯が当たるようになったかと思うと、痛いと思うほどの強さではないが甘噛みされ、乳頭をきゅっと引っ張られる。

「んっ……」

ジンと痺れたような感覚が、じんわりと神経に染み込んでくる。その痺れが媚薬に促され、躰の芯を蕩かす熱に変わってくるのに時間はかからなかった。

「あっ……」

キースに何度かきつく乳首を吸われた時だった。突然躰の奥から熱い血潮が吹き出たような感覚が湧き起こった。

「あああっ……」

膣《ちつ》から何かが溢れ出るような感覚に苛まれると同時に、下肢が温かいもので濡れた。

「お前のここが、びしょびしょだな」

ここと言われながら、太腿の間に指を差し込まれ媚肉をゆるゆると撫でられる。

「あんっ……あっ……」

微熱を帯び、重くなった瞼を開けてみれば、快感に濡れるキースの雄の瞳が飛び込んでくる。

彼のそんな姿を見て、ジュリアの秘部が淫猥に蠢き、自然と猛る楔を欲しがる。

彼の何とも言えない野性の色気に取り込まれそうになり眩暈を覚えた。同時に今にも食べられてしまいそうな恐怖感がジュリアに襲いかかってくる。

媚薬のせいか、異常に興奮しているのが自分でもわかった。

駄目だわ……このままでは、快感に飲み込まれてしまう！

ジュリアの動揺を感じ取ったのか、キースが吐息だけで笑った。

「感じているのだな」

「感じてなどっ……」

ジュリアが強がりを口にすると、キースが見せつけるようにして、乳首をしゃぶってきた。そしてもう一方の乳首は乳頭をユニコーンの角の先でそっと引っ掻かれる。

「や……っ……それ……やめ……て……っ、ああっ……」

キースが施す痴態を目にしているだけで、溢れんばかりの快感が、ジュリアの奥底から生まれてくる。

「ああっ……あっ……」

また下肢から何かが漏れそうになる。

「嘘吐きだな、感じてないと言うわりには、とろとろに蕩けているぞ」

キースの指が下肢に潜む秘肉を伝い、やがて小さな突起へと辿り着く。

「愛らしい肉粒だな」

ぐりぐりと捏ねられ、恐ろしいほどの愉悦が生まれる。

「あああああっ……」

媚薬も手伝って、爪先から頭のてっぺんまで電流が駆け上る。凄まじい刺激がジュリアの理性を貪りつくす。もう意識を保つのも難しかった。

「あ……キース……ああっ……もう……」

媚薬の威力は恐ろしい。ジュリアは恥ずかしさを覚えながらも、キースに穿《うが》たれて、もっと快感を得たいという欲望が沸々と湧き出てくるのを、痛いほど感じた。

「嘘を吐かれるのも愉しいということか。苛《いじ》め甲斐《がい》があるからな」

胸と下肢を同時に弄られ、ジュリアはもう限界であった。早くこの先に進みたい。キースの次の行動を待ち焦がれる自分がいる。

「もう……ねが……い……っ」

「何だ？　何か言いたいのか？」

キースがジュリアの胸にあるユニコーンの角に唇を寄せながら面白そうに尋ねてくる。

ジュリアは僅かに残っている理性を振り絞って、彼を恨みがましく見つめた。

「そんなに勝気では、夫に呆れられるぞ？　挿れてと願ってみろ。夫を誘うのは妻の務めであろう？　上手に私を挑発できたら、お前を達かせてやろう」

「そんな……」

「言えなければ、このままだぞ」

秘部に咲く肉の芽を、キースは乱暴に擦りあげた。

「やっ……ああっ……」

「言う気になったか？」

「お願い……キー……スッ、あなたのをここに挿れて」

「どこだ？　足を開いて見せてくれなければ、わからないな」

「ひどい……っ」

快感が強すぎて、ちょっとしたキースの意地悪でも感情が昂り、涙が目尻に溜まり出す。

「どこに挿れて欲しいんだ？」

「あ……」

ジュリアはとうとう快楽に負け、震える足に力を入れて、キースの目の前で両足を広げてみせた。陰毛を剃られているので、キースからはすべてが見えてしまう。

「膝を立てて、しっかり私に見えるようにしろ」

「っ……」

言われるがまま膝を立て、自分の熟《う》れた蜜部をキースに晒す。

「自分の指でそこを広げて、私を誘ってみろ」

ジュリアは恐る恐る自分の指を太腿の間に忍び込ませた。酷く濡れた箇所に指を這わせる。

「その襞を捲って、私に中を見せながら、挿れてと乞うてみろ」

ジュリアは思い切って自分の中に指を挿れた。温かく湿った感触を覚え、身を竦ませる。

「お願いです。私のここにあなたを挿れてください」

「挿れるだけでいいのか？」

「挿れて……擦って……」

「擦っておしまいでいいのか？」

「あ……」

ジュリアは彼から視線を逸らした。最後まで言わなければ許してもらえそうにもないのを悟る。

膝を立て、キースに自分で中を弄るのを見られながら、ジュリアはきつく目を閉じた。

理性が悲鳴を上げているのが聞こえる。

「な……中で出して……気持ちよくしてください」

とうとう我慢できずにジュリアは思いを口にした。

「よく言ったな。初めてにしてはまあまあか。だが私をその気にさせるためには、これからも精進してもらわねばならないな」

「……これからも」

「大丈夫だ。そんなに怯えなくとも。可愛い妻を可愛がるのが私の趣味だ」

そっと項《うなじ》を指でなぞられる。途端、ゾクゾクとした痺れがジュリアの躰を翻弄した。

「あっ……んっ……」

「媚薬のせいか、いつもより感度がいいな」

キースがそう言いながら、ジュリアの足首を掴んだ。そして両足をこれ以上ないと思われるくらい左右に開かされる。

ジュリアはこの醜態に慌てて膝を閉じようとするが、キースはさっさとジュリアの膝が閉じられないように押さえ込んできた。

「いい眺めだ。ジュリア。司祭殿はどんなときでも、欲望に満ちた人間を慰めてくれるということか？　だがこれからはお前の慈悲は私だけに与えよ。他の者に与えるな。私だけのものだ」

彼の執着がどうしてか心地よい。彼が気まぐれを起こして結婚すると言い出したのではないかと懸念していたが、きちんと彼に愛されているような錯覚がジュリアの胸に芽生える。

愛されているの……かしら？

そう思うと、胸の鼓動が速まる。

なに？　この胸の鼓動は。媚薬のせい？

ジュリアはどぎまぎしながら、自分を見つめるキースを見つめ返した。

黒い髪に燃えるような紅い瞳。体軀も引き締まり、どこから見ても最上級の部類の男である。

この人と……私、結婚するんだわ――。

改めてジュリアは確信した。彼と結婚するのが運命だった気さえする。

キースが衣服を脱ぎ捨てる。その下半身は猛々しいほど勃ち上がり、ジュリアの中へ入るのを待っているようだ。

「キース……」

思わずジュリアから彼を求めてしまった。既にジュリアの秘部はいやらしい蜜でぐっしょりと濡れている。彼をすぐにでも受け入れられるようになっていた。

ゆっくりと彼がジュリアの中に入ってくる。するとキースが何かに気付いたようで、吐息だけで笑った。

「私がいくら欲しかったからと言って、そんなに締め付けるな、ジュリア」

「そんな……っ……」

顔が真っ赤に染まる。そんなつもりはないのだが、どうやらキースを欲するあまり、締め付けてしまったようだ。

「だが、それも可愛いな」

「あんっ……」

キースがジュリアの中をかき回すように、グラインドさせた。

「あああっ……」

内壁の襞がゆっくり押し広げられる感覚に、どこかへ意識が連れていかれそうな錯覚を覚える。焦がれるような痺れが躰の芯に籠り、ジュリアを翻弄させる。

もっと奥を硬くて熱いもので擦って、もっと――。

浅い場所を彼の肉欲が触れるたびに、熱が潤む襞で淡いざわめきを感じた。

「さらに深い場所を擦られたいだろう?」

耳朶をしゃぶるように囁かれる。

「あっ……そんな……ああっ……」

思わず頷きたくなるのをどうにか堪える。まだジュリアにも少しだけ羞恥が残っていたようだ。

さらにぐいっとキースが奥へと入り込んでくる。途端、隘路から淫らな痺れが生まれ、ジュリアを虜《とりこ》にする。

「っ……あ……」

我慢しても声が漏れる。どくどくとした熱が体内に溢れ、ジュリアの下肢の合わさった花弁からはしたない汁が染み出てしまう。

「あっ……熱いっ……」

——溢れる熱を吐き出したい。

ジュリアは自分の中にあるキースを思い切り締め付けた。

「くっ……」

頭上から色香のある低い声が響く。同時にジュリアに意識が飛ぶような浮遊感が襲ってきた。

「ああっ……」

中で飛沫《ひまつ》が弾けるのを感じた。キースが達ったのだ。

なんて気持ちがいいの……。

彼の精を注ぎ込まれる感触に、ジュリアの躰から力が抜ける。

「卑怯だな。こんな罠を私に仕掛けるとは」

キースがジュリアの頬を指で撫でながら、悔しそうに囁いてきた。

「だが、これくらいではお前はまだ満足していないだろう？」

確かにキースの言う通りだった。媚薬が抜けていないようで、もう躰の芯が淫蕩な痺れに疼いている。

ジュリアはどうしたらいいのかわからずに、自分を抱くキースを見上げた。

「まだ足りないか？　太くて硬いもので、何度も中を擦られたいか？」

あからさまに言われ、はっきりと答えられない。しかし彼がそれを許すわけもなく、もう一度ゆっくりと尋ねられた。

「もっとしたいか？」

ジュリアは視線を彼から外し、小さく頷いた。

一回だけではこの躰の疼きは治まらない。いや、一回してしまったがゆえに、さらに飢えを感じてしまい、抱かれる前よりも快感への飢餓が酷くなっている。

「そういうときに、必要かと思って用意したものがある」

「そういうとき？」

「私がいなくとも、浮気をせずに自分を満足させるものだ」

キースはそう言うと、視線を先ほどの木馬へと向けた。

「あれが、何か……？」

あの回転木馬が浮気防止になるというのかしら？

子供の頃、寂しさを紛らわすために、人形遊びをしたことはあるが、さすがにこの歳になってからはそういうことはない。それゆえに、回転木馬が寂しさを埋めるとは考えにくかった。

意味がよくわからず再びキースに視線を戻すと、彼の双眸が細められる。

「言ったであろう？　お前のために特別に用意したと」

キースは夜着を身につけ、ジュリアに手を差し伸べた。ジュリアはシーツを裸体に巻きつけたまま、起き上がる。

「お前のサイズに合わせて作った特注品だ。今、早速乗せてやりたい」

「特注品？」

どこが特注品なのか、未だよくわからない。

「さあ、乗せてやる」

この快楽に飢えた躰で、回転木馬に乗って遊べというキースをジュリアは信じられない思いで見つめた。

「キース……今、躰が火照《ほて》っていて、私には、そんな余裕はありません」

「だから乗るんだ」

「え？」

意味がわからず、キースを見つめると、キースが慣れた手つきで、木馬の鞍の部分を外した。そこは取り外しができるようになっているらしい。

鞍の下を覗く。するとそこには男根を模した木型が突き出ていた。さらにその男根でいう竿の部分にはごつごつと石が嵌《は》められ、挿れたらとても痛そうだ。

ジュリアもさすがに、これが普通の子供が遊ぶ回転木馬ではないことに気付く。

「なっ……拷問でもなさるつもりですか」

「拷問？　莫迦な。どうして私がお前を拷問しなければならないのだ？　これは女性の快楽を追求するために、特別に造られた木馬だ」

「快楽の追求？」

「乗るがよい。お前の回転木馬だ」

「莫迦なことを言わないでください。誰がこんなものに乗るものですか！」

「そうか？　お前が欲しいものを与えてくれるぞ？」

「そんなものは欲しくはありません」

「この男根を模した木型は私のものより若干小さめに造ってある。私よりも大きいものにお前が慣れてしまったら、膣も広がり、締まりが悪くなるからな。そういう細かい配慮まで施されている」

そう言って、キースは下着もつけていないジュリアの尻を撫でると、そのまましっとりと濡れている蜜壺へ指を挿れ、中をぐちょぐちょと遠慮なく掻き混ぜてきた。

「ああっ……ん」

途端、快感がジュリアの躰で膨れ上がる。悔しいことに、中に挿れられていたキースの指を締め付けてしまい、感じていることを知られてしまう。

「欲しくて仕方がないようだな」

「そんなこと……ありません」

こんな風に愛撫されれば、誰だとて反応してしまうに決まっている。しかもジュリアは媚薬を飲んでいるのだ。

「回転木馬に乗せてやろう」

「やっ……」

キースに軽がると抱き上げられ、そのまま木馬の背中に跨《また》がらされた。

「あっ……」

「その木型の上に腰を降ろせばいい」

「そんな……できません……っ」

目の前の歪《いびつ》な男根を視界から外す。こんなもの、とても挿れられない。

「この木型に張り巡らせた宝玉はいくつもの種類がある。今日は真珠にしておいた。真珠が気に入らぬなら、他のものに変えても構わぬが？」

キースは濃紺のビロードで装飾された箱をジュリアに見せた。

その中には男性の欲望を模《かたど》った太い木型が何本か入っており、ルビーやらターコイズ、翡翠など、いろんな宝石類がわざとでこぼこと装飾されていた。

「この宝石でお前の中を抉り擦って刺激し、さらなる快感を与えるようになっている」

「悪趣味な……」

「酷いことを言うな、お前に悦びを与えんがためのものだというのに」

「それが悪趣味だと言うのです」

「フン、そうでもないぞ？　この木型は中が空洞になっていて、媚薬が仕込めるようになっている。それを水鉄砲のようにピストンで押し出し、木型の先から媚薬が飛び出す仕組みだ。これでお前の奥まで媚薬で濡らしてやることができる。優れものだろう？」

「な……」

そんなことをされたら、自分自身でもどうなってしまうのかわからない。

「私がいない間、それを使って自分で慰めないとならないんだぞ？」

愉しそうに問われ、ジュリアは大きく首を振った。

「道具など、いりません！」

「そうだな。処女をずっと通してきたお前には確かに必要ないかもしれない。だが私としては、道具で乱れるお前を見てみたいのだ」

「そんなことは他所《よそ》でやってください！」

「他所？　莫迦なことを言うのだな。私が手間をかけるのも、お前だからだ。どうでもいい人間を可愛がるほど、私は暇ではない」

可愛がるって……こんなことが可愛がるって言うの？

ジュリアにはとても信じられない。

「そろそろお前のここも限界であろう？　シーツが濡れているぞ」

「あ……」

躰に巻きつけていたシーツの下肢の部分が少しだけ染みになっているのがわかる。ジュリアはそこを慌てて手で隠した。

「シーツを濡らして我慢している姿もそそられるが、私は優しい男だ。お前にいつまでも我慢などさせない」

ジュリアの膣が怪しく蠢く。媚薬を飲まされ、散々焦らされたジュリアにとって、今まさに拷問にも等しい時間だ。

早くこの渇望を満たしたい――。

それは悪魔からの抗いがたい誘惑だった。

「ほら、ここに腰を落とすだけでいい。そうすれば、更なる快楽を得られるだろう」

臀部に指を這わされ、挑発される。

「あっ……」

全神経が目の前にある木型に集中する。もうあれを自分の中に挿れて悦楽を求める姿さえ想像できた。

「ほら、手はここだ。この手綱をしっかり持っていろ」

なめし革でできた上品な手綱を握らされる。

「大丈夫だ、痛くない。感じるのは悦びだけだ」

「っ……」

躊躇う心が少しずつ薄れていく。

ここに腰を下ろせば……この苦痛から逃れられる……。

はしたない汁が下肢から溢れている感触がジュリア自身にも伝わってくる。もう限界だった。これ以上我慢したら、きっと気が狂う。

ジュリアはゆっくりと腰を浮かした。すると腰を引き寄せられ、木型の真上に移動させせられる。

「そうだ、ゆっくりでいい。そのまま腰を落とせ」

「あ……」

早くうずうずしている奥を太くて大きいもので擦りたい。キース自身が挿れてくれないのなら、他の物で代用するしかない。

ジュリアは快楽で思考能力が低下してきたのか、それがさも正しいことのような気がしてきた。

キースに腰を支えられ、彼の思うままにズブズブと奥へと木型を飲み込まされる。重力に従うまま、奥まで穿たれた。

「ああっ……あ……んっ……」

痛みなど感じなかった。媚薬と先ほど既にキースを受け入れていたこともあり、簡単に飲み込んでしまう。

「上手だな」

褒められただけだというのに、ジュリアの奥がきゅっと締まった。真珠の滑らかな粒々が熟れた襞を刺激する。

「あっ……」

「木馬を動かすぞ」

「え？」

心の準備もなく、いきなり跨っていた木馬がゆらりと揺れた。キースが螺子を回して、ぜんまい仕掛けの回転木馬を動かしたのだ。歯車がギイギイと音を立て始める。

「あっ……ああっ……」

途端、息が苦しくなるほどの悦楽がジュリアを猛襲した。意識が混沌《こんとん》とし、何がどうなっているのか把握《はあく》することさえ難しくなる。

「やっ……何？　ああっ……」

「存分に快楽に浸ればよい」

木馬は前後に軽く揺れながら、ゆっくりと軸を中心にして回り出す。その微妙な動きがジュリアの体内を刺激して、もどかしい熱が生まれた。

「っ……」

喜悦がジュリアの背筋を物凄い勢いで駆け上がってくる。ジュリアがどんなに認めたくなくとも、この行為がジュリアを悦ばせていることだけは確かだった。

しかし、どんなに愉悦に浸ろうと、ジュリアにとってはキースの生身でなければ空しい快楽にしかならない。それがどういう意味なのか、ジュリアにもそろそろわかってきていた。

私……知らない間に、キースを求め始めている……。

愛じゃないかもしれない。でも愛かもしれない。

「キース……」

ジュリアは回転木馬の隣に立つ、キースに顔を向けた。

「キース、こんなのは嫌。どんなに気持ちがよくても、こんな道具では嫌。あなたがいいの。あなたでなければ嫌なの」

ジュリアは一回転して元の場所に戻ってきた際に、キースに向かって手を伸ばした。同時に回転木馬が止まる。

「あ……んっ……」

停まったときの衝撃さえもジュリアの愉悦を刺激する。

快感に耐えていると、彼がジュリアを引き寄せてきた。そのまま彼の腕の中に閉じ込められる。

ジュリアは彼の背中を確かめるようにして、ゆっくりと抱き締めた。

彼の体温が夜着から伝わってくる。その熱に触れることができ、ジュリアの心がほっこりとした。

これが幸せなのかしら……。

「私でなければ嫌などと……お前らしくもなく、甘えたことを言うのだな」

「いいえ、私らしいわ。嘘は言いたくないから」

そう言うとキースの表情が僅かに曇った。

「私が宮殿にいない日はどうする。留守が一ヶ月に亘《わた》るときもある」

「キース……」

もしかして、彼は本気で留守の間の私の浮気を心配して、この道具を用意したのかしら？

彼の少しおかしな思考に驚かされる。もし本当にそうなら、本来、こんな道具など必要ない。

「あなたが留守の間、道具なんていりません。私は十八年、処女であったし、ここにいるなら年に二回しか男性と交じわることはなかったわ。一ヶ月や二ヶ月、我慢できます」

しかし我慢できると口にした途端、ジュリアにも少しだけ不安が過《よ》ぎった。

キースを知ってしまった今、彼がいないことに我慢できないかもしれない……。

それは性的な意味ではなく、彼の不在に、という意味ではあるが。

「それに……どうしても我慢できなかったら、私があなたについていきます」

「私に？」

「ええ、この国の女性はいざという時のために、馬や弓矢、剣などの稽古《けいこ》を積んでいますから、普通の女性よりは、かなり頼りになると思います」

「お前は……」

「だから私の浮気が心配なら、連れていけばいいんです。キース……あっ……ん」

躰をキースに傾けたせいで、木馬が揺れてしまった。未だ疼く下肢を木型で擦られ、ジュリアは息が止まりそうになった。

「とにかく木馬から降ろしてください」

「いや……」

「え？」

すぐに木馬から降ろしてくれるものだと思い込んでいたのに、キースは軽く首を横に振って応えた。

「回転木馬で悦んでいるお前が見たい」

「えっ……」

これが誰もが見惚れるような男の色香を振り撒く男の台詞《せりふ》か、と耳を疑う。

「キ、キースッ！」

「まだまだ明日までには時間はある。木馬でゆっくり遊んでから、またベッドで戯れればよい」

キースは意味ありげな笑みを零すと、屈んだ。どうやら螺子を回しているようだ。そして再び木馬を動かし始めた。

「あっ……」

「回転木馬を動かすことで、木型に埋め込んだピストンが動き、媚薬を出す仕組みになっているからな。こうやって動かさねば意味がない」

「なんという破廉恥《はれんち》な道具を……んっ……」

木型が埋められた場所がひくひくと快感にひきつる。

「あ、あ……ああっ……」

木馬が揺れることで、思ってもいない動きが加わり、余計感じてしまう。

「んっ……」

ゆらりと揺れて停まった木馬に、声を奪われる。同時に意識が一瞬真っ白になり、ふわりと躰が浮いたような錯覚を覚え、絶頂を味わう。

「あ……キ……ス……あっ」

ジュリアのツンと勃った乳首をキースの指が摘んだ。摘まれた先から、びりびりと痺れるような快感が全身に広がっていった。それと同時に過剰に快楽を貪ろうと躰が変えられていく。

「まだ足りないだろう？」

甘い毒が耳元から注ぎ込まれるようだ。淫蕩な熱に意識が朦朧とし、思ったまま素直に頷く。

「素直だな」

熱を持った吐息で囁かれ、木馬を前後に大きく動かされた。

「あっ……あああっ……」

木馬の軋《きし》む音と、ジュリアの嬌声が部屋に響き渡る。

柔らかく繊細な表面をしたパールが何度もジュリアの膣を擦りあげてくる。そこから生まれる愉悦に、ジュリアの躰が歓喜した。

「ああっ……あああっ……」

腰の動きを止めることができない。どんな痴態をこの男に見せているかと思うと、羞恥からますます体温が上がる。

止まらない――。

躰の疼きが鎮まるどころか、どんどん激しくなってくる、どうしたらいいの――？

どうしたら――。

「キース……っ……もう……怖い……ああっ……」

目尻に涙が溢れ、それはやがて快感で薄桃色に染まったジュリアの真珠色の頬を濡らし、落ちていく。

「苛めるのはもうやめるとするか。ジュリア、腰を上げろ」

「あっ……」

ジュリアが言われたまま腰を上げると、キースが丁寧にジュリアの下肢から木型を引き抜く。

「あんっ……」

ズルリと木型が抜けていく感触にジュリアは再び声を上げた。そのままキースに抱えられ、彼の膝の上に座った。すると、今度は本物の彼の楔がジュリアの中に入ってくる。

「ああっ……挿れないで……っ」

ジュリアの躰の芯がきゅっと竦む。全身が快楽に痺れ、どうにかなりそうだった。

「お前の中が、激しく蠕動《ぜんどう》しているな。気持ちがいい」

「あ……そんな……」

「ジュリア、もし私が急にいなくなっても、気にするな」

「え……？」

気にするな、とはどういうことかしら。

ジュリアは後ろから抱くキースに首だけで振り返った。

「お前は私を信じていろ。他のことに惑わされるな」

他のことに――？

よく意味がわからないが、何かこの意味がわかるようなことが近々起きるのかもしれない。ジュリアはキースの言葉に頷きながら、ゆっくりと意識を手放した。

第五章　攫われた花嫁

翌日、見事な秋晴れの下、ジュリアの還俗の儀が厳《おごそ》かに行われた。

本来ならジュリアの管轄の修道女で賑わうはずの教会も、突然のことで、全員集まることができず、司祭クラスの還俗の儀式としては、静かなものであった。

静まり返った儀式の中で、ジュリアは聖教皇女の前でこの国から去ることを報告した。そして集まった修道女の目の前で司祭の服を脱ぎ、俗世に出て行くことを表すとされる他国の女性が身につけるドレスに着替えた。

その瞬間、儀式に参列した者から、嗚咽《おえつ》が漏れる。ジュリアが完全にリーフェ聖教皇女領国の人間ではなくなったことを意味するからだ。

「ジュリア司祭様、本当にここから出て行かれるのですか？」

「どうか今からでもお考え直しください。司祭様がいなくなったら、私たち、どうしたらいいか……」

ジュリアの身の回りの世話をしてくれていた修道女たちが、ジュリアの周囲に集まり、涙を流す。

「大丈夫よ。あなたたちはもう立派に自分たちで前へ進んでいけるわ」

「ジュリア司祭様！」

ジュリア自身、生まれてから十八年間、ずっと過ごしてきた聖教皇女宮殿から出て行く日が来るとは思ってもいなかった。ここで心穏やかに一生を過ごしていくのだと信じていた――。

あまりにも唐突に嵐はやってきて、ジュリアの運命さえ変えてしまった。

でも、後悔はしない。

このリーフェ聖教皇女領国を内側から守ることはできなくなっても、外側から守れるようになるのだから。

そして大国サバランとの友好の架け橋となって、ひいては大陸の平和維持へと繋げたい。

キースとなら、きっとできるはずだわ――。

ジュリアは別室で待機しているはずのキースのことを思いやった。すると、聖教皇女の秘書官が迎えにやってきた。

「そろそろお時間です。聖教皇女様がお待ちです。大聖堂へとお越し下さい」

「はい、今参ります」

続いて、今度はサバラン帝国の皇帝、キースと近々結婚することを神の御前で報告し、代理人である聖教皇女の承認を得る儀式がある。

なにかと気忙《ぜわ》しいが、この聖月祭の期間中にすべての儀式を済ませなければならないので、仕方がない。

それよりもそんな慌しい中でもジュリアのために時間を割いて儀式を行ってくれた聖教皇女に感謝したい。

秘書官に連れられて大聖堂に向かう途中で、回廊のベンチに座っているキースと出会う。どうやら、ここでジュリアをずっと待っていたようだった。

「キース……」

「馬子《まご》にも衣装だな」

意地悪い笑みを浮かべて、茶化してくる彼を睨むと、それでも笑いながらジュリアの手を取り、先導してくれる。

二人の前に現れた大きな扉が左右に両開きに開かれる。

大理石で埋め尽くされた美しい大聖堂の真ん中を赤い絨毯が奥の祭壇まで敷かれている。その絨毯の向こう側に視線を向けると、ユニコーンの模様が描かれた大きなステンドグラスを背後に、正装をした聖教皇女、フェリシアが立っていた。

絨毯の左右にはリーフェ聖教皇女領国の大部会の面々が並んでいる。

リーフェ聖教皇女領国の幹部が一斉に顔を揃えるのを見たのはジュリアが司祭になったとき以来だ。

「さあ、面倒なことはさっさと済ませよう」

ジュリアが緊張している横で、キースだけはいつもと変わらない様子で、飄々《ひょうひょう》としている。そんな彼の姿を見て、ジュリア自身も無駄に緊張していた自分に気付き、躰から力を抜いた。

そのままキースと一緒に並んで赤い絨毯の上を祭壇に向かって歩く。結婚式と違うのは、二人の衣装と招待客が一人もいないというところだろうか。

聖堂にいるのは、聖教皇女と大部会の面々だけだ。修道女らの姿も見えない。

「ジュリア」

祭壇に立つフェリシアがジュリアに声をかける。司祭と言われないのは、先ほど還俗の儀を済ませたからだ。ジュリアは顔を上げた。

「綺麗ですよ」

「あ……ありがとうございます」

まさかフェリシアからそんなことを言われるとは思ってもおらず、つい頬が赤らむ。

「ではこの誓約書に手を乗せてください」

誓約書には予《あらかじ》め、キースとジュリアの自筆で結婚をするという報告と、子孫繁栄など、神へ願うことが書かれてある。

二人が離婚することなく、一生添い遂げられたら、願いが叶うと言われている。

二人で声を揃えてそれを読み上げ、神へと誓う。

皇帝の結婚式の承認をリーフェ聖教皇女領国が取り仕切ることによって、リーフェが特別な国であることを対外的にも示す、政治的戦略が絡む儀式であるのは知っているが、それでもジュリアにはとても神聖なものに思えた。

一字一句、間違えないように細心の注意を払い、誓約書の内容を口にする。隣でキースの声がジュリアの声にあわさり、優しいハーモニーを奏でているようだ。

結婚式をまだ挙げてないこともあり、これが二人での初めての儀式だと思うと、ジュリアの胸に熱い思いが込み上げてくる。

これからどんなことがあるのか、予想がつかないけど——。

ジュリアの胸に新たな決意が生まれる。胸の中で多くの鳥が羽ばたいて旅立っていくような清々しい思いが満ち溢れた。

どうか神様、私たちを見守っていてください。

ジュリアが祭壇に向かって深く頭を下げると、フェリシアの美しい声が大聖堂に響き渡った。

「サバラン皇帝、キース。そして我が娘、ジュリアが近い日に、結婚によって夫婦となることを、ここに認めます。二人の果てぬ未来まで、永遠に幸あれ！」

一斉に拍手が沸き起こった。ジュリアが祭壇から後ろを振り返ると、そこにいる大部会の面々が拍手をしているのが見えた。彼女らがキースとジュリアの婚儀を認めたことを意味する。

その光景に心を奪われていると、ジュリアの肩を隣に立つキースが触れてきた。

何だろうと視線を彼に戻すと、視界が塞がれる。

え――――？

温かく湿ったものがジュリアの唇を掠める。途端、大聖堂からほぉ……という溜息が漏れた。

ゆっくりと柔らかいものが離れていく。それがキースの唇だとわかるのに時間はかからなかった。ジュリアの躰が恥ずかしさでカッと熱くなる。

「な……」

ジュリアが言葉を失っていると、彼は悪戯を成功させた子供のような笑みを浮かべ、ジュリアにしか聞こえないほどの小さな声で話しかけてきた。

「ちょっとしたパフォーマンスだ。私がお前を大切にしているということを、ここの奴らにアピールしておかねばな」

「……何がパフォーマンスですか。私のことをそんなに大切に思っていないくせに」

気まぐれで結婚しようとしていることは知っているとばかりに彼を責める。すると、ジュリアの言葉にキースがおや、という顔をする。そしてやはり食えない笑みで言葉を続けた。

「そうやって自意識過剰ではない部分も、お前が他の女と違う面白いところの一つだな」

「面白いところって……もう」

そんなやり取りをしているうちに、さらに拍手が大きくなった。どうやらここにいる全員が、キースがジュリアにめろめろだと勘違いしてしまったようだ。

「まったくあなたって策士だわ。リーフェの人間の心を一瞬で摑むなんて。あなたのパフォーマンスで、かなりファンが増えたみたいだし」

「フン、嫉妬《しっと》しているように聞こえるが？」

「嫉妬なんてしていません。呆れてるんです」

「せっかくの晴れ舞台に、お前の機嫌が悪くなるのもよくないから、そういうことにしておいてやろう」

「そういうことにしていただかなくても、それが事実ですから」

プイッと視線を彼から外すと、彼が笑いながら話しかけてきた。

「いいのか？　そんな顔を皆の前でしても。元司祭様らしく、笑顔を振り撒かなければならないんじゃないか？」

「う……」

憎たらしい。しかし彼の言う通りなので、引き攣《つ》る笑顔を顔に貼り付けながら、ジュリアは拍手に応えた。

「ジュリア司祭、いいえ、ジュリア様、お幸せに」

司教や司祭が激励の言葉を投げかけてくる。ジュリアはそれに応えながら、キースと聖堂を後にしたのだった。

ジュリアは儀式が終わった後、キースと夕食を済ませ、今は一人で本を読んでいた。

キースは夕食を食べた後、何か用事ができたようで、そのままニコルと出掛けてしまったままだ。

どうしたのかしら……。

あれからかなり時間が経っている。ジュリアはとうとう本を一冊読み終えてしまった。

何かサバランであったのかしら？

少しだけ不安になる。キースはジュリアには何も話してはくれないが、彼のこの性急な動きといい、この祭りに参加した理由が別にあるような気がして、どうしても漠然とした不安が拭い切れないでいる。

ただの考えすぎならいいんだけど……。

ジュリアは部屋の窓から外を覗いた。

聖月祭、三日目の夜だ。ここにいる三分の一の女性がその役目を務めるために、パートナーの寝所にいる時間だ。

そんな時間になってもキースが戻ってこないことに、少しだけジュリアの胸が痛んだ。

忘れられているのかもしれない……。

どこかで寂しさを覚えている自分がいることに気付かずにはいられない。

ジュリアはそんな自分を否定するかのように頭を大きく振った。

もう……あんな男、来ないほうがいいわ。どうせこれから一緒にいることが多いんだし。今日くらいいなくても平気よ。

三日。彼と出会ってまだ三日しか経っていない。

それなのに、もっと昔から会っているような気がする。毎日いろんなことが多すぎて、それだけ大変だった証拠だ。

だけど、そうであるからこそ、彼がいないと寂しささえ感じてしまう。自分の日常に彼が知らず知らず溶け込んでいるのを認めざるを得ない。

もし、キースとは聖月祭の二週間だけの関係だったら、きっと辛くて泣きたくなるような気がする。彼と別れが近づくと考えただけで、心臓が鷲掴みされたような痛みを発するに違いない。今だって、そう想像しただけで、悲しくなってくるのだから。

どうなってるの？　私――。

自分の感情の起伏に困惑する。キースに振り回されているなんて信じられない。

もしかして……私、キースに恋を――？

思わず手にしていた本を大きな音を立てて床に落としてしまう。

「あっ……」

慌てて本を拾い上げる。

「どうしよう……そんなこと、あるはずない。結婚するのだって、この国や大陸全土の平和のためだし……」

あんな傲慢でスケベな皇帝、好きなわけないわ。あんな……。

どんどん自分に自信がなくなってくる。嫌な男のはずなのに、顔が見えないと寂しいと思う自分の感情に説明がつかない。

「もう！　馬に乗って気分転換してくるしかないわね。少しくらいなら、大丈夫かしら」

キースもまだ戻ってくる気配もない。一応、侍女に声をかけておけば、何かあったら捜しに来てくれるだろう。

なにしろリーフェ聖教皇女領国は大きめの村ほどしか領土がない大陸最小の国だ。馬で駆けていても、すぐに誰かの目に入る。ジュリアを捜すことなど、思うほど難しくない。

ジュリアはそう決めると、乗馬をするために衣服を着替え始めたのだった。

ジュリアは出掛けてくることを告げるために、身の回りの世話をする侍女の部屋へと向かった。キースの国の人間でもあるので、特に気を遣う。

侍女の部屋の扉の前に立つと、ふと声が聞こえてきた。

「キース帝はやはり聖教皇女様がお好きだからこそ気を惹きたくて、いきなり儀式をしろなどと、いろいろと無理を言われているのかしら？」

え――？

思いも寄らない話が耳に入った。ジュリアの心が一瞬真っ白になる。

すると続けて、別の侍女の声がした。

「私もちょっとそんなこと思っちゃったわ。ほら、好きな子ほど苛めたくなるって言うじゃない。まさにあんな感じ。フェリシア聖教皇女様に無理難題を仰りたいから、ジュリア様を引き合いに出されたんじゃないかしら。だって、ジュリア様との結婚のこと、急すぎるわよね。聖教皇女様に反対されたいとばかりに、動いていらっしゃるように見えるし」

キースが聖教皇女様を好き――？

無理難題を言って気を惹きたい――？

キースは軍隊まで持ち出して、聖教皇女様を脅したけれども、聖教皇女様の困った顔が見たかったからなのかしら……。

「ジュリア様もお綺麗だけど、ここに来る前までは、皇帝は聖教皇女様の悪口ばかり言われてたし。裏返せば、それって気があるってことなのかしらって思ってたわ」

「そうそう、私もそう思っていたのよ！」

クスクスと楽しそうな笑い声が扉の隙間から漏れてくる。

初めて聞いた内容に、ジュリアは困惑した。

そういえば、キースと会った当初から、彼はずっと聖教皇女のことを口にしていたわ。

あれは、もしかして――。

そう思った途端、ギュッと心臓が痛む。

え？　これ、何なの――？

意味のわからない痛みにジュリアは焦るばかりだ。どうして自分がこんな傷ついたような感情を抱かなくてはならないのか、わからない。

最初からキースに愛されているなんて思っていない。そんなことわかっているのに、どうして――。

聖教皇女、フェリシアの美しい姿がジュリアの脳裏に浮かぶ。

キースが彼女を愛していると言っても不思議ではない。いや、むしろ当然だとさえ思えてくる。

だけど――。

だけどこの胸を締め付けるほどの苦しさと、悲しさ、そして心の奥から湧き出る負の思いを誤魔化《ごまか》せない。

どこかでフェリシアを疎《うと》む感情があるのを否定できない。

「でも、それならどうして聖教皇女様にプロポーズされないのかしら」

再びジュリアの鼓膜に、容赦なく彼女たちの声が届く。

「そうよねぇ……大陸屈指の大国の皇帝ですもの。釣り合いもとれているし、それが不思議よねぇ……」

それはきっと聖教皇女様がお断りになったからだわ――。

聖教皇女は、リーフェ聖教皇女領国のいわば女王的存在だ。それゆえに任期中の結婚、妊娠の可能性がある聖月祭のお役目はしてはならないことになっている。

キースは、本当は私じゃなくて、きっと聖教皇女様にお相手を望んだんだわ……。

自分の想像が、さも事実であるかのように思えてくる。

キースは聖教皇女のことだけを『女狐』とわざと悪く言うが、それは聖教皇女だけが彼にとって特別であることを示しているとも考えられる。

キースはフェリシア聖教皇女様のことが好きで、気が惹きたくて無理難題を言ったの？

私はただの駆け引きの道具の一つに過ぎなかったの？

ジュリアの心臓が張り裂けそうなくらいの痛みを発する。

どうしてこんなに胸が、心が痛いの――――？

自分にキースに愛されるほどの魅力があるとは思っていない。しかしそれでもキースは何かジュリアに見出して、結婚を申し出てくれているのだと信じていたかった。

愛されていなくても、それでいいとは思っていたが、他の女性の気を惹くために、その恋愛の駆け引きの道具のように扱われたなんて、あまりにも酷い話だ。

彼の心が他の女性にあると聞いただけで、心が闇に閉ざされたように、深く落ち込む。

「でも、皇帝、ジュリア様のことをとても大切にされているわよね」

「そうよねぇ……。聖教皇女様への当てつけかもしれないけど、今日、神様へのご報告も済ませられたし……結婚してもいいくらいには、情があるんだと思うんだけど……」

「物語みたいだわ。好きな女性がいるのに、他の女性と結婚しなければならない苦悩の皇帝、みたいな……」

「馬鹿なこと言ってるんじゃないの。でも皇帝もジュリア様については、何かと気にされているし。皇帝にしてはまめにされていらっしゃるのよね。きっかけは聖教皇女様だったかもしれないけど、今はジュリア様なのかしら……」

「ちょっとした三角関係よね。どうなるのかしら……。ジュリア様付の女官として働くことになるなら、いろいろと情報を仕入れておかないといけないわよね」

三角関係――――。

ジュリアの鼓動が大きくドクンと震えた。

聖教皇女と張り合うなんて絶対無理だ。どちらかというと、キースと聖教皇女の恋愛に、ジュリアが邪魔者として存在するような感じがしっくりする。

しかし実際は、ジュリアだけが振り回されているような気もする。

っ――――。

そこに立っていられず、扉の前から急いで立ち去る。

涙が次々とジュリアの意思とは関係なく頬を伝う。悲しさだけでなく悔しさも胸の内から込み上げた。

キース、どうして私をこんな酷いことに巻き込んだの？

彼が気まぐれにジュリアに声を掛けなければ、今頃、ジュリアは優しいパートナーを得て、通常通りの聖月祭を過ごしていたはずだ。

この国から出ていくことにもならなかっただろう。

どうして――――？

浮かぶのは疑問ばかりだ。

これも神がお与えくださった試練の一つなのかしら――――！

それなら、なんという酷い試練であろう。この国からも出て行かなければならないなんて、リーフェで生まれ育ったジュリアにとっては、これ以上酷い仕打ちはない。

どうして、私なの――？

キースとあの日、偶然出会ったときから、運命の歯車が別の方向へと回り出したに違いない。

でも――。でも、私はキースのことを……。

それでもきっと好きなんだわ。

だからこんなに傷ついている……。

そしてさっきから心の中を吹き荒れている嵐のような感情は『嫉妬』というものだということもわかり始めている。

私――。

ジュリアは足を止めた。そして頬を伝う涙を拭った。

こんな醜《みにく》い感情を人に向けてはいけないのに――。

そう思う傍から、己の醜い感情に打ちひしがれる。

駄目だわ。やっぱり馬に乗って気分転換をしたほうがいいわ。

そうしたらきっとこの感情も収まる……。

ジュリアは深く深呼吸をし、厩舎へと出掛けた。

宮殿内の中庭を歩いていると、向こうから馬の世話を終えた若い修道女がやってくるのが見えた。

「あ、ジュリア様、今から馬に乗られるのですか?」

ジュリアの姿を見て、少女が笑顔を向ける。

「ええ、少し気分転換に」

「キース様は既に厩舎に、お付きの方とご一緒にいらっしゃっていましたよ。ジュリア様もお急ぎにならないと」

「え……」

キースが厩舎に?

どうやら少女は、ジュリアがキースと厩舎で待ち合わせをして、馬でどこかに散歩にでも行くと勘違いしているようだ。ジュリアはその勘違いを利用して、言葉を返した。

「キース帝はせっかちなので、置いていかれないように急がなくては。ありがとう、ミーシャ。馬の世話もお疲れさまでした」

「ありがとうございます」

少女は頭を下げてその場から去っていった。ジュリアはそのまま急いで厩舎へと向かった。

こんな夜更けにキースは一体、どこへ行こうとしているのかしら?

馬のいななき声が聞こえた。どうやらキースが馬に乗ったようだ。

急がなきゃ。

ジュリアは闇夜を利用し、彼らに気付かれないように厩舎へと近づいた。しかしキースたちは既に出発したようで、姿はない。

ジュリアは自分の馬に鞍を取り付けると、すぐさま彼らの後を追って馬を走らせた。

キースたちは、どこへ行くつもりなのかしら?

幸い月の明るい夜で、馬の蹄《ひづめ》の跡が土の道に残っているのがしっかりと見える。

このまま真っ直ぐ行けば、リーフェから出てしまうわ……。こんな夜にどこへ行こうとしているの?

ふと、以前、キースが聖教皇女を脅したときの言葉が思い浮かぶ。

『このリーフェの周囲には我が軍勢がいつでも出陣できるように待機していると思われたことはないのですか?』

まさか今から軍隊と合流してリーフェを……!

ジュリアは目を瞑《つむ》り、その考えを追い払った。

――そんなことあるはずないわ。まだ短い間しか一緒にいないけど、キースがそんな卑怯なことをするようには思えない。

『お前は私を信じていろ。他のことに惑わされるな』

刹那、また違うキースの言葉が脳裏に蘇る。

ジュリアにはその言葉を信じるしかない。それに、自分は彼を信じなければならないとも思う。

たとえどんな理由であれ、結婚を誓った仲なのだから。

私が彼を信じなくてどうするの――?

ジュリアは手綱をきつく握った。

こうなったらどこまでも、追っていくしかないわ!

もしキースが聖教皇女様のことを好きでいても、私はあの人と共に生きていく。彼が世界の平和を実現するのをこの目で見るためにも――。

愛する人に最期まで、寄り添っていきたい。

そう――。大切なのは、自分が彼をどう思っているかで、それに対する見返りではない。

聖教皇女のことが好きなキースを、そのまま傍で支えていけばいいのだ。

辛いかもしれない。でも、彼の未来の姿を一番傍で見られないことのほうが、もっと辛い。

「少し飛ばすけど、ごめんね」

ジュリアは愛馬に声を掛けると、キースたちの後を追い、月夜を駆け抜けた。

◆◆◆

時は少し前に戻る。

キースは聖教皇女への結婚の報告の儀を済ませた後、ジュリアと二人で夕食の席に着いた。

そして食事が終わる頃、従者のニコルが現れたのだ。その様子に尋常ではないものを感じ、キースは席を立った。

「ジュリア、しばらく席を外す。もしかしたら遅くなるかもしれない。先に休んでおけ」

ジュリアは小さく頷くと、不安げな顔を一瞬見せた。聡《さと》い彼女のことだ。何かを感じ取ったのかもしれない。

キースはジュリアにあまり心配を掛けないように、普段と変わらぬ様子を装って、ニコルと一緒に書斎へと場所を移した。

扉に見張り役を立て、ニコルは細心の注意を払いながら、静かに口を開いた。

「ライズ殿がいよいよ私設軍隊を動かすようです」

「……やっと動くか」

本来の目的——このリーフェの聖月祭に参加した目的が、いよいよ達成されることに、キースは再度心を引き締めた。

亡き父皇帝の弟、ライズは、皇帝になりたいがためにキースの失脚だけでなく、命までをも狙っている男である。

その叔父が私設軍隊を作り、国内の反乱分子と手を組もうとしていることは、既にわかっていることだった。

サバランの城には、わざとキースの腑抜けぶりを報告するように仕掛けてある。

さらに気に入った女と勝手に結婚すると言い出したことによって、用心深い叔父も、いよいよキースが政治を放り出し、女に相当入れ込んでいると信じ、今なら隙だらけだと判断したようだ。

そう判断させるために、かなり露骨に国には腑抜けぶりを伝えておいた。

あとは、ジュリアの身の安全を図り、予定通りに物事を進めるだけである。

しかし、案外簡単に騙された叔父に、少しばかり幻滅するのも事実だ。

「所詮、己の器に不相応なものを欲していたということか」

そんな愚かな野心のために、どれだけ無実の人間が殺され、そして不幸へと導かれていったか。

彼らのためにも、自分が彼らの無念を晴らさねばならない。

「今頃、叔父のところに、聖教皇女の承認も得たという情報が舞い込んでいる頃だろう。益々私の腑抜けぶりの確証を得たとばかりに、さぞかしぬか喜びをしているだろうな」

「ライズ殿は手持ちの軍勢を引き連れて、皇帝城に急襲を掛けようと動いているようですが、既にこちらは我が近衛隊によって迎え撃つ準備が整っております」

軍事大国、サバランが誇る皇帝直属の近衛隊だ。一個師団くらいなら簡単に潰せるほどの能力がある、いわゆるエリート集団だ。

「大破せよ。皇帝に歯向かうは大罪だと、他の反乱分子にも見せしめになろう」

「前皇帝を暗殺した際、証拠不充分で始末できませんでしたが、今度こそ、無念を晴らしましょう」

父帝を殺したのは息子のキースだと、世間でまことしやかに囁かれているのは知っている。もちろんすべて濡れ衣だ。

実際、父が死んだときに一緒にいたのはキースで、誰が見てもキースが父親を殺したとしか思えない状況になるよう嵌められたのだ。

だがキースは知っている。父を殺した犯人を。父は死ぬ直前に、既に瀕死の状態であるにもかかわらず、キースの手のひらに震える指で文字を書いたのだ。

あれは確かに叔父の名前のつづりだった。

父は何も言わず、すぐに息を引き取った。しかしキースは親子であるがゆえのテレパシーというのか、父は自分を殺した犯人の名前を書いたのだと、はっきりと理解した。

だが叔父もそれなりの準備をして、自分の兄である皇帝を暗殺していた。いろんな証拠が、キースが犯人であるかのように細工してあったのだ。

結局、キースは無実の罪で裁判にかけられることになってしまったが、結果は証拠不充分で無罪となった。

しかしその裁判の間に父の腹心だった臣下たちが、次々に不可解な事故で死んでいった。

多くの人間が、キースが犯人ではないかと疑うようになってしまった。父を殺し、父に仕えていた臣下まで闇に葬り、己が皇帝位に就いた暁《あかつき》には、独裁を目論んでいるのだろうと噂がたった。

事実、キースは馴れ合いを嫌い、普段から孤高を貫いていたので、その姿がまた国民の疑惑の目を向けられるのに適していたのだ。

すべては叔父が流した噂だ。叔父は皇帝位が欲しいがために父やその臣下を殺しただけではなく、キースまで亡き者にしようとしていたのだ。

だからこそ、違うと反論するのも叔父に挑発されたようで嫌だった。結局は噂を全部無視し、お前のすることなど痛くも痒くもないと無言で示した。

城内でも孤立するキースを支えてくれたのは、ここにいるニコルや、キースのことをよく知ってくれている近衛隊の人間だった。元々、王子の頃から近衛隊を任されていたこともあって、近衛隊の人間はキースの人となりを理解してくれ、キースを信じ、逆境の中でも支持してくれた。

それは皇帝になってからも変わらない。

叔父に対しては、最初のうちは慈悲を与えようと思ったこともあった。しかし数度にわたり暗殺者を送り込んだり、反乱分子をたきつけたりと、その他にも何度も皇位転覆を謀《はか》る事件を起こす叔父に、私情だけでは捌《さば》ききれないと悟った。

「国の平和を維持するために、我々は不安要素を取り除かねばならない。そのために私は血も涙も捨てると決めた」

「承知しております。それでこそ英傑帝と呼ばれるに相応しいと存じます」

ニコルは深く頭を下げた。

「今宵、私が決着をつける。この手で叔父の息の根を止める」

「しかし……今、ここをお出になるのなら、ジュリア様には、どうご説明するおつもりですか？　聖月祭は二人で過ごすものと決まっております」

「だからこそ、叔父も私が国に戻って来るとは思っておらず、油断しているはずだ」

「ですが……聖教皇女の承認を得た途端に姿を消したとなると、考えようによっては、ジュリア様は騙されたように思われるかもしれません。せめてジュリア様には……」

ニコルの言うことも尤《もっと》もだが、彼女にサバラン帝国の内情を説明している時間はない。それに危ないことに首を突っ込んでほしくないという思いもある。彼女のことだ。剣の腕にも自信があるとか言っていたのもある。無理に動こうとするかもしれない。それは何としてでも避けたいところだった。

「……ジュリアには何も言わずに国に戻る。彼女なら何かあったのだと悟ってくれるだろう。急いで馬を用意しろ」

ジュリアは信じてくれるだろうか――――？

一瞬、そんな不安がキースの胸に過ぎる。だが、信じてもらわなければならない。

「ジュリアには護衛をつけておけ。私がいない間に、万が一、叔父の手の者がこの国に紛れ込んでジュリアの命を狙うかもしれない」

国を平定せずして、ジュリアの身の安全を守るとは言えない。彼女を守るためにもしっかりとした大国を造っていかなければならない。

キースは静かに目を閉じた。声には出さず、心の中だけでジュリアに詫《わ》びる。

私は国のために、ときにはジュリア、お前を泣かすこともあるかもしれない——。

だが、それもいつかはお前のためになると信じて、私は動く——！

キースは伏せた目を再び開けた。その瞳には迷いがなかった。

「今が絶好のチャンスだ。動かねば意味がない」

「かしこまりました」

ニコルはキースに理解を示し、深く頭を下げた。

そしてキースとニコルは数人の護衛を引き連れ、闇に紛《まぎ》れてリーフェの国を内密に発ったのである。

そのままキースは暗い森の中、小さな都市国家、リーフェの国境を越え、サバランの国へと入った。このまま馬で一晩走れば、サバラン帝国の帝都、ジャスタに到着できる。

キースは少しでも早く帝都に戻りたかったが、途中で二方に分かれた道にさしかかったとき、遠回りの道を選んだ。

「皇帝、どちらに？」

わざと時間のかかる道を選ぶキースに、騎士の一人が不思議そうに声を掛けてきた。

「こちらの道は、反乱分子の占領地にもなっている北の地方に続く道に繋がっている。帝都を追われた叔父の軍勢が、もし反乱分子を頼って撤退した場合、この道を選ぶとかち合う可能性がある」

「なるほど……」

「帝都に早く戻りたいのは山々だが、この人数では敵に遭遇すると不利だ」

足を早くするためと、ジュリアの身の回りの警護をさせるために、国から連れて来た騎士のほとんどを、リーフェに置いてきている。そのため今はできるだけ、敵の軍勢との交戦は避けたいところだった。

「多少の時間はかかるが、戦いに巻き込まれるのを避けるためには、こちらの海岸線沿いの道のほうがいいだろう」

キースは簡単に説明すると、時間のかかる左の道へと馬を進めたのだった。

◆◆◆

ジュリアは懸命にキースの後を追おうと、馬を走らせていた。

しかしリーフェの国境を過ぎると、次第に暗闇で視界が悪くなったのと、多くの人の往来の跡があったため、どれがキースたちの馬の蹄の跡なのかわからなくなってきてしまった。

どうしよう。このまま彼を追うべきなのかしら――。

ほとんど聖教皇女宮殿の中で過ごしているのもあり、国境を越える機会が滅多にないジュリアにとって、他国に入ったと思っただけでも心細くなってくる。

隣国でもあるサバランに来たのも一年ぶりだ。

駄目だわ……こんなことじゃ。これから私は外で生きていくんだから、ここでへこたれていては、何もできないわ！

この辺りはリーフェが近いということで、比較的治安がいい。盗賊も神の威光を畏《おそ》れてか、リーフェの近隣では悪事を働かないことが多い。

まだ力関係が正常に保てている証拠だ。しかしそれも国が乱れたり、神を信じぬ者が増えれば、バランスを崩す。そうならないように、ジュリアはキースと一緒に平和な世界を目指そうと決めたのである。

ジュリアは手綱をきつく握ると、視線を森の奥へと向けた。

キースたちに追いつけたら、一番いいのに。どこかで休憩していないかしら？

そう願いつつ、馬を走らせる。それでもジュリアはキースたちの目的地が大体わかってきていた。この道はサバランの帝都、ジャスタに通じる道だ。

この道を戻っていったということは、キースの目的が、ジャスタにあることを物語っている。

キースは何らかの理由で帝都に戻ったんだわ……。

夕食の後、食堂で見たニコルの表情が硬かったのも、彼の国で何か起きたからに違いない。

彼の身に何もなければいいのだけれど……。

しかし、ジュリアに一言も告げず、隠れるようにして出掛けたところから気に掛かる。

やはり何かあったのだと考えるほうが妥当《だとう》だ。

キース……。

するると正面で道がいきなり二本に分かれているのが目に入った。

「……っと、確か、こっちの右の道がジャスタに通じる道だったわよね」

突き当たりに設置してある道しるべを確認する。ジュリアの記憶通り、ジャスタへの道は右を差していた。

「とにかく急がないと」

ジュリアはそのまま馬を右に進ませた。

どれくらい走っただろうか。小さな宿場町が目の前に現れた。深夜でもあるので、ひっそりとしている。いや、しているはずだった。

「何もないというのかっ！」

どこからか男の怒声が聞こえてくる。キースたちの馬が、もしかしてどこかの店先に繋がれていないだろうかと、捜しながらゆっくりと馬を歩かせていたジュリアは、声のしたほうを振り返った。

一本筋を入った奥にある宿屋らしき建物から聞こえているようだ。続いて物が割れるような音も響く。そして女性の悲鳴のような声も続いた。

喧嘩《けんか》かしら。

ジュリアは胸にかかっているユニコーンの角を握り締めた。

既に司祭の座から退いたが、聖教皇女、フェリシアから賜ったユニコーンの角はかつてジュリアが司祭であったときに身につけていたものだ。リーフェを離れても心は司祭だと贈られた。

ユニコーンの角は聖職者や信者が持つものだが、さすがに司祭クラス以上の聖職者が持つユニコーンの角は、他のものと違い、細工も素晴らしく格式の高さを感じるものとなっている。

信仰心の篤い信者ならば、司祭クラスの以上のユニコーンの角を見せると、己の愚かな言動に気付き、すぐに喧嘩をやめる。

それにジュリアは未だリーフェの人間だとわかる乗馬服を着ているし、馬も馬具もすべてリーフェのものと一目でわかる代物だ。

私で止められるものなら！

馬をその宿屋の前へと進める。宿の前には軍属らしき馬が十頭ほど繋がれていた。

サバラン帝国の軍？　もしかしてキースが！

ジュリアは慌てて馬を降りた。するとそこに今度は大勢の男の怒号が聞こえた。

「我が義勇軍に、寄付ができないだと！」

「もうここには、それだけしかお酒はないんです！」

「この非国民が！　誰のお陰でこの帝国に暮らせると思っているんだ！」

男が宿屋の亭主を殴り倒す。そこに彼の妻らしき女性が駆け寄り、亭主を躰で庇った。

その上から男が蹴《け》ろうとする。

ジュリアは慌てて男の前に割って入った。

「おやめなさい！」

「なんだ？　お前は」

男が胡散《うさん》臭いものでも見るようにジュリアを見つめてきた。

「弱い者を虐《しいた》げるのが、サバラン帝国の軍人ですか！」

「義勇軍の大尉《たいい》に向かって何という口の利き方だ！　お前は誰だ！」

「リーフェ聖教皇女領国、ジュリアと申します！」

ジュリアの声に、男の表情が一変した。

「リーフェ？　なぜ修道女がこんなところにいる」

男は鋭い双眸をジュリアに向けた。

「そんなこと、答える義務はありません。それよりもここから出て行きなさい。どんな理由であれ、人に無闇に暴力をふるうことを神はお許しになりません！」

「こいつらが悪いのにか？　我らサバラン義勇軍への援助をけちりやがるんだ。こんな非国民を罰せずして、国が成り立つのか？　ああ？」

「義勇軍？　それは帝国軍とはまた別のものなんですか？」

「あんな腐った軍隊と同じにしてもらっては困るな。我らは悪政を敷き、民を虐げる非道な皇帝、キースから国を取り戻すという尊き志を持った義勇軍だ」

キースが悪政を敷く？

信じがたい言葉にジュリアは一瞬気をとられたが、この男の宿屋の亭主に対しての言動から考えても、本当のことを言っているとは思えなかった。

「その尊き志を持った方々が、こんなところで盗賊の真似《まね》事をなさっているのですか？」

「盗賊の真似事だと！　このアマっ！」

男の手が上がる。だがすぐ後ろに立っていた部下が押さえた。

「大尉、相手はリーフェの人間です。下手にかかわると神の怒りに触れます」

どうやら部下のほうが落ちついているようだ。

「災いを被って、ライズ様の御身に何かあってもいけません」

「くそっ……」

男は腹立たしげに悪態を吐くと、ジュリアを睨んでそのまま宿から出て行った。続いて他の軍人も出て行く。

　馬のいななきに引き続き、多くの蹄の音が去っていくのが外から聞こえた。リーフェの権威のお陰か、素直に帰っていったようだ。

　ジュリアは安堵の息を吐きながら、宿屋の夫婦に声を掛けた。

「大丈夫でしたか？」

「ありがとうございました。司祭様」

　ジュリアのユニコーンの角を見て、どうやら司祭だと思ったらしい。

「いえ、私は今日、還俗の儀を済ませましたので、正確に言うと、もう司祭ではないんです。ジュリアとでも呼んでください」

「ジュリア様……」

　妻のほうは余程怖かったのか、涙で目を潤ませていた。

「一体、あの人たちは何なのですか？」

「現皇帝、キース帝の叔父に当たられるライズ様の直属の軍隊です」

「ライズ様の直属？　義勇軍とか言ってましたが……それに悪政を敷くキースから国を取り戻すとか……。サバランでは何か内戦でも起きているのですか？」

「庶民の私たちには、あまりよくわからないのですが、どうやらライズ様が皇帝になるために、キース帝不在の城を今夜襲撃したらしいのです」

「えっ！」

だからキースは急いで城へ戻ったんだわ！

思いも寄らない話にジュリアの心臓は痛いほど強く鼓動した。

「城は乗っ取られたのですか？」

「いいえ、どうやら近衛隊に負けて逃げ帰ってきた途中のようなんです」

よかった……。

ジュリアは全身から力が抜けるような感覚に襲われた。しかし今、倒れている場合ではない。キースの身に何が起こっているのか、しっかり把握しなければならない。

「では皇帝側が勝ったんですね」

「たぶんそうかと。今の軍人の話では、近衛隊の待ち伏せにあったとかで、とにかく機嫌が悪かったですから」

ジュリアはその話を聞いて、どうしても気になっていたことを、勇気を出して尋ねた。

「皇帝は……キース帝は、あの義勇軍が言う通り、あなたたちを苦しめている悪い皇帝なのですか？」

そんなことはないと思いたい。しかし義勇軍の存在といい、彼は国民から嫌われているのかもしれないという思いがジュリアの胸に込み上げてくる。

　すると妻は少し考えて、言葉を口にした。

「世間で言われているほど、悪い皇帝ではないと思っています。父帝を殺した残酷な皇帝と言われていますが、今の義勇軍などを見ていると、キース帝より、その叔父のライズ様のほうがずっと残忍な皇帝になるような気がします」

「税が必要以上に重いとか？」

「前の皇帝のときと、さほど変わりませんから、税が重いとかは思ったことはありません」

　妻がそう答えると、隣に立っていた夫である宿屋の亭主が会話に入ってきた。

「いや、前よりいいと思います。国境沿いでは、隣国との小競り合いが頻繁《ひんぱん》に起きていると聞いております。ですが私たち庶民がその戦いに駆り出されることはありません。我々の生活はいたって平和で、安定しております。皇帝は戦いに国民を巻き込まず、すべて軍部だけで収めていらっしゃいます。本来なら戦争で税金が増えるところを、以前と同じ額で済まされているのですから、たぶん皇帝が何らかの配慮《はいりよ》をしてくださっているんだと思っております」

　彼の言葉に、ジュリアから少しずつではあるが、不安が消えていく。

「他国からは英傑帝と呼ばれていると聞いております。この国ではどうしてか、キース帝の悪い噂ばかり流れていますが、最近は皆が、真の悪人は他にいるのではないかと口にするようになってます」

「その通りです。彼は悪い人ではありません！」

ジュリアは思わず声を上げてしまった。すると亭主は小さく笑みを浮かべた。

「ジュリア様はキース帝をご存知なのですか？」

まだサバランの国民にお披露目もしていない段階で、自分の身分を明かすのも性急な気がして、ジュリアは言葉を濁した。

「あ……少しだけ、ですが。でもお父様を殺すような人ではないと思います」

「ええ、本当は前皇帝を殺したのもキース帝ではないかもしれません。父帝暗殺の罪で裁判にかけられたりしましたが、本当にキース帝が悪ならば、そんな裁判にかかるようなこともないはずです。誰かに罪をなすりつければ済むくらいの権力はあるはずですから」

「そんなことがあったんですか！」

初耳だ。現サバラン皇帝が、父帝を殺したという噂はリーフェにも届いていたが、キースが裁判にかけられたとか、そういう細かいところまでは耳に入ってこなかった。

本来なら父が殺されて、深い悲しみに暮れるところを、それもできずに自分が犯人だとされ、糾弾《きゅうだん》されていたなんて……。

考えるだけで胸が張り裂けそうになる。そんな辛い思いを彼はしたというのだろうか。

酷い――――。

ジュリアは拳をぎゅっと強く握った。

「キース帝は、陥れられたということなのでしょうか？」

「さあ、そこまでは、はっきりとは。ただ、噂を信じる国民は減ってきたことだけは確かですね。それよりもどちらかというと、噂の出所に興味がある国民が増えているというのが正直なところでしょうか」

「噂の出所……」

キースの叔父、ライズという男が怪しいということなのかもしれない。

そしてそのライズが今夜、キースの留守を狙って攻撃を仕掛け、城を乗っ取るつもりだったのだろう。

キース……。

益々《ますます》キースの身が心配になる。

大丈夫。キースの近衛隊が勝利したって言ってたじゃない。今頃、キースは城に戻って、充分な備えをしているわ……。

ジュリアは自分にそう言い聞かせ、心の平静を図った。

するとと妻のほうが再び憤りを露にした。

「大体、あれが義勇軍だなんて、あり得ません。庶民のために戦っているのだから、食糧や酒を提供しろと力で脅して……追いはぎと変わらない存在です。もう、絶対許せないです！　あんな連中の親玉、ライズよりも、私はキース帝を支持してますから！」

叫ぶように言われ、ジュリアはつい笑ってしまった。

「そうですね」

しかし、そう口にした途端、急にジュリアの胸が熱くなり、涙が込み上げてきた。キースが国民から支持され、そして信じてもらえることが、とても嬉しかったのだ。

「ごめんなさい……涙が」

頬を伝う涙の始末に困り、ジュリアは顔を逸らした。するとそっとハンカチが差し出された。そのハンカチを手にとりつつ、女性の顔を見上げると、優しい笑みが向けられていた。

「ジュリア様、こんな深夜にお出かけとは何か理由があるのだと思いますが、ここで温かい食事でもしていってください。あいつらを追い返してくださったお礼に、料理に腕を奮いますよ」

「こいつの料理はこの宿場町でも美味いと評判なんですよ。ぜひ食べていってください」

「ありがとうございます」

ジュリアが渡されたハンカチで涙を拭いたときだった。外が急に騒がしくなった。何事かと思ったと同時に戸口が大きな音を立てて開けられる。

「ここにまだあの女、ジュリアはいるか！」

戸口には先ほど去っていった義勇軍の男どもと、品のいい老齢の紳士が立っていた。

「ほぉ……まだおったな。リーフェ聖教皇女領国、ジュリア司祭殿。いや、元司祭殿」

「あなたは……？」

ジュリアは改めてその老齢の紳士を見つめた。紳士に見えたのは上辺だけだった。その鋭い双眸は狡賢さが見え隠れし、下品でさえあった。

「この方は、未来の皇帝、ライズ様でいらっしゃる」

ライズ――！

息が止まりそうになる。

ライズの視線がジュリアの頭から爪先まで品定めをするかのように、ねっとりと見つめてくる。まるで舌舐《なめず》りでもされている錯覚を覚える。

「絵姿で見るよりも美しい女だな」

「絵姿？」

「ちょうど昨日、リーフェに放っていた密偵から、お前の絵姿を取り寄せたところだ。あの愚皇帝がうつつを抜かすだけのことはあるな」

ライズが無遠慮にジュリアの顎を掴みあげた。

「失礼ではありませんか！」

ジュリアはライズの手を払い落とすと、きつく彼を睨み上げた。

「私に何か用ですか？」

「お前を連れにきた」

蛇のような鋭い瞳がジュリアを貫く。

「嫌だと言ったらどうします？」

「ここにいる屈強の男たちが、お前を捕まえるだけだ。縄で縛られて同行するか、それとも客人として同行するか、どちらがいいか？」

「どちらもお断りします」

はっきりと言うと、ライズの瞳がさらに細くなった。

「……そうだ、言っておかねばならないな。私は神というものなど信じておらん。ゆえに、人を殺すことも厭《いと》わん」

「っ……罪もない人間を殺すのは大罪です！　その身に災いが降りかかりますよ！」

「大罪？　誰が罰するんだ？　お前らが言う神か？　はっ、そんな目に見えぬものを恐れるとは愚か者の証拠だ。それにこの身に災いだと？　災いとは運のない者が被るだけのものだ。それをお前たちは都合のいいように、神と名づけている。まさにお前たちは体《てい》のいい詐欺師みたいなものだな」

ジュリアの腕を掴み取ると、無理やり外へと連れ出した。

「放してくださいっ！」

「お前は大事な切り札だ。キースの息の根を止めるまで、大事にしてやる」

「放してっ！」

ジュリアが腕を振りほどこうと暴れるが、ライズだけでなく、兵士たちもジュリアの四肢を拘束した。

キース――――！

「どうかジュリア様をお放しください！」

宿屋の亭主がジュリアに駆け寄ろうとすると、ジュリアの傍にいた兵士が剣を抜く仕草をした。

「だめ！　来ないでっ！」

ジュリアは咄嗟に亭主に声を掛けた。亭主の足が止まる。

「無用な殺生はしないように部下の方に命令してくださいい、ライズ殿」

ジュリアは自分を拘束するライズに願った。

「お前がそう言うなら仕方ない……」

ライズが口端だけを上げて笑う。ジュリアの背筋が恐怖でぞくりとした。ジュリアの恐怖を感じ取ったのか、ライズは今度こそ心底楽しそうな笑みを再び浮かべた。そして、視線を部下に向け、命令をした。

「後で騒がれても面倒だ。この宿に泊まっている人間ともども、皆殺しにしろ」

「な、なんですってっ！」

ジュリアが声を上げた途端だった。隣の兵士が亭主に斬りかかっていた。そして同時に妻のほうにも何人かの兵士が剣で斬りつけるのが見えた。

「いやあああっ！」

妻の悲鳴なのか、ジュリアの悲鳴なのかわからない断末魔の声が宿屋に響き渡る。

瞬間、ジュリアは鈍痛を感じた。ライズの拳がジュリアの鳩尾《みぞおち》に食い込んでいるのが目に入る。

「あ……あなたは……悪魔だ……わ……」

意識がそこで途絶えた。

第六章　プロポーズをもう一度

ゴオッ！

松明《たいまつ》の焔が、明け方に吹く東風に煽《あお》られ、音を立てて燃え上がる。

城は早朝にもかかわらず、活気に満ちていた。

キースはつい先ほど、サバラン帝国の帝都、ジャスタに到着したばかりだ。

到着したときには、既に近衛隊によって、叔父、ライズの軍は撃破された後だった。勝《かち》鬨《どき》を上げ、活気に満ちていた城を目にし、キースは安堵した。

「みなの者、ご苦労だった」

謁見の間には近衛兵とキースの腹心の部下たちが集まっていた。

「よくやってくれた、ジレス隊長」

キースは馬で夜通し走ったにもかかわらず、休むことなく謁見の間で、近衛隊の隊長を労《ねぎら》った。

「いえ、部下に恵まれたお陰です。それよりも、まずは皇帝の無事のご帰還、なによりでございます」

「私のほうはたいしたことはない。それよりも私は、お前やここにいる者も含め、よい人材に恵まれていると感謝している」

「ありがたきお言葉でございます」

キースは頷くと、早速本題に入った。あまり喜んでいる時間がないのも確かだからだ。

「さて、まずは、叔父は誰を引き込んで反乱を起こしたか、わかったであろうか？」

「はい。大臣の一人、ダラス殿、わが帝国屈指の名門貴族であるデュラン公爵、帝国直属の穀物蔵の管理官、そして以前不祥事を起こし排斥となった元騎兵隊の副隊長など、多方面から人材を集めていたようです」

「デュラン公爵も、我が母を陥れようとしただけでは気が済まなかったのだな。愚かな男だ」

皇妃に自分の息がかかった女性を据えたかったデュランは、母に不義の罪を被せようとして、失敗した。狡賢い彼は、確たる証拠を残すことはなかったが、生前の母の証言から考えても、この事件に彼が一枚噛んでいたことは確かだ。

「現在、奴らは反乱軍と接触している模様、次の報復に出てくると思われます」

「それは愉快だな。面倒な人間を誑《たぶら》かしてくれたことだけは叔父に感謝せねばな。手間が省けるというものだ。これで大義名分を手に、一気に片をつけることができる」

「では、どのように」

「紅闇《こうあん》を使う」

「紅闇を……！」

ジレスの瞳が僅かに瞠目する。ジレスが驚くのも無理はない。紅闇とは、代々皇帝に仕える他国への諜報活動を主とするエリート集団のことで、その存在すら秘密とされているトップシークレットの組織だ。ときには他国の要人の暗殺をも行うという彼らは、皇帝直属の軍隊の中でも一目置かれる存在だ。

表のエリート集団が近衛隊なら、裏のエリートは紅闇であると言われている。

「敵は態勢を充分に整えて再びこの城を襲撃してくるだろう。近衛隊はこのまま城を守れ。私は紅闇らと共に、奴らの陣営に奇襲をかける」

「皇帝自らがそんな危ないことをなさらなくても！」

「叔父への最期の手向けだ。私の手で息の根を止めてやる」

父の、ライズにとったら実の兄の無念を晴らすには、この手で奴の息の根を止めるしかない。それが父に対して自分にできる、たった一つのことだと思う。

父が死んだときに、ライズの罠に嵌《は》まったとはいえ、裁判にかけられ、葬式どころか、何も父にしてやれなかった自分の父への償いでもある。

確かに、叔父に恩赦を与えようと考えたこともあった。だがこの男を死にいたらしめない限り、サバラン帝国に害をなし続けるであろう。

もう戦いのない平和な国、そして大陸にしたい――。

それにはキースが戦いに勝ち続けなければならない。たとえ自分が恨まれようと、前に進むだけだ。いつか倒れたら、誰かが骨を拾ってくれればいい。

いや、ジュリアと約束した。二人で平和な国を、大陸を造ろうと……。

だからそれまでは相手が誰であろうと負けられない。無敵の英傑帝で居続けなければならない――。

それが長く辛い道であっても、いつかは叶えられると信じている。

キースは真っ直ぐにジレスの顔を見つめた。ジレスもキースの決意を知ってか、表情を歪めながらも、納得した。

「っ……必ずやご無事でお戻り下さい。我々の皇帝はあなたしかおりません」

「叔父ごときの小悪党などに、私がどうにかされるわけがない。お前こそ、城を盗られないように、しっかりと守っておけよ」

「必ずや、命に懸けましても」

「命など懸けるな。しっかり城は守ってほしいが、お前たちの命と引き換えになるのなら、いらぬ。あの叔父らに城を盗られるのは、少々悔しいが、盗られたなら、また新しい城を造ればいいのだから、命を無駄にするな。私にとって、信頼できる人間が何よりも大切なのだということを覚えておけ」

「……皇帝」

「お前の一番優先すべき任務は、部下を誰一人死なせるなということだ」

「肝に銘じておきます」

ジレスは深く頭を下げると、その場から立ち去ろうとした。すると、急に謁見の間の外が騒がしくなった。

「何事だ?」

その声にニコルが急いで扉のほうへと走り、衛兵に声をかけた。そしてすぐにキースへと振り返った。

「皇帝! リーフェ聖教皇女領国からたった今、早馬で知らせが入ったとのことです!」

その知らせにキースが視線を扉に向けると、そこにはリーフェ聖教皇女領国に残してきたはずの騎士の一人が立っていた。

「失礼致します！　皇帝よ、ジュリア様が行方不明であらせられます！」

キースはその言葉に無言で立ち上がった。

「どうやら、皇帝の後を追って、馬でこちらに向かわれたようです」

「私を追って……っ」

あの莫迦が――――！

キースは額を押さえた。ジュリアならキースの不在に気付いた時点で後を追うかもしれないと予測できなかった己にも腹が立つ。

「それと、一つ気になることが」

「何だ」

キースは嫌な予感がしながらも、騎士の言葉を促した。

「今通ってきたリーフェからの街道沿いの宿場町で、惨殺《ざんさつ》事件が起きたようです」

「惨殺事件？」

「近隣の者の話によると、どうやらライズ殿の軍隊の仕業ではないかと。宿屋の主人から宿泊客に至るまで全員殺されておりました」

「なんという……惨《むご》いことを……くっ」

キースの代わりにニコルが小さく唸《うな》った。

しかしキースはそれに付随して、嫌なことに思い当たった。

まさか……。

キースたちは予めライズの軍隊が通るだろうと、近道を避けて遠回りをして帝都に戻ってきた。だが実状を知らないジュリアが通るとしたら――。

ライズたちと鉢合《はちあ》わせをしてしまうかもしれない道だ。

「まさか、そこにジュリアの姿があったというのか？」

「はい、しっかりとは確認されてはいないのですが、軍人たちが去る際に、リーフェの人間らしき人影が連れ去られたという目撃情報がありました」

「っ！」

ジュリアを危険な目に遭わせたくないから、リーフェに置いてきたというのに、それが彼女を危険へと飛び込ませてしまったというのか――？

キースは居ても立ってもいられず、謁見の間から出ようとした。しかし。

「失礼します！　皇帝！　ただいま城の正面門の木戸に弓矢が放たれ、その矢に手紙とユニコーンの角が結ばれておりました！」

再び慌ただしい声が響く。そこにいた全員が一斉に扉のほうへと振り向いた。

「矢に手紙とユニコーンの角だと？」

「これを！」

渡されたユニコーンの角には、見覚えがあった。数度、ジュリアが身につけていたのを見かけたことがある。

さらに手紙に目を通す。キースの手が僅かに震えた。

「叔父からだ……ジュリアを人質にとられた」

「えっ」

ニコルが改めてキースが手にしている手紙に目を落とす。

「皇帝……これは……」

「ジュリアの命が欲しければ、私に来いと言っている。まったく面白みの欠片《かけら》もない脅迫状だな」

軽口を叩きながらも、キースはそのまま手紙を握りつぶした。外見は冷静でいられても、内心は怒りに満ち、躰が震えてくる。

「どうされますか？　皇帝！」

「決まっている。ライズを叩くまでだ」

キースの声が夜明けを待つ城に響く。そこにいる誰もが、その気迫に小さく息を飲んだ。

「ジュリア……必ず助ける」

キースは誰にも聞こえない小さな声で、そう呟き、窓から外へと視線を移した。

東の空がしらみ、太陽が顔を出すのを今か今かと待っている。

新たな生命が生まれる日が始まると同時に、使命を終えた命が最後の火を灯す日が始まろうとしていた。

◆◆◆

どのくらい経ったのだろう。ジュリアの意識がふいに浮上する。

「あ……」

目を覚ますと、そこは見慣れない場所であった。

「ここは……」

部屋には小さな窓が、手の届かない高い場所に一つだけある。そこから太陽の光が差し込んで、薄暗い部屋を僅かばかりだが、照らしていた。

空の色から、夕刻だと思われる。

「確か私、ライズに連れてこられたんだわ……」

ベッドから起き上がり、オレンジ色の夕陽に照らされた部屋を見回すと、どこかの城の牢屋であることがわかる。

家具はベッドと椅子と机しかなく、よく見ると小窓には鉄格子が嵌められていた。

「痛っ……」

足を床に付けたと同時に、鳩尾から鈍痛が這い上がってくる。殴られたところがきっと痣《あざ》になっているのだろう。

ふと胸元に手をやって、馴染んだものがないことに気付く。

「……っ、ユニコーンの角がない」

どこかに落としたのかしら？

ジュリアにとってはとても大切なものだ。それがないだけで、心が弱くなってくる。込み上げてくる不安と戦っていると、背後から声が掛かった。

「お目覚めになりましたかな？　ジュリア殿」

いきなり後ろから声がして、ジュリアは驚いて振り返った。木戸に付いた小さな覗き窓の向こう側に誰かがいる。

「どなたですか！」

「私の声を忘れてしまわれましたか？」

そう言いながら、男はガチャガチャと木戸の錠前を外した。

ライズ――――！

ジュリアは木戸が開くのをじっと睨みつけた。下卑《げび》た笑みを浮かべたライズが護衛を引き連れ、部屋の中に入ってくる。

「余程お疲れになっていたのか、なかなかお目覚めにならないので、そろそろどうしようかと思っていたところでしたよ」

ライズはいかにも紳士然として話し掛けてきた。しかしその瞳を見つめると彼の残忍さが透けて見えるようだった。キースの瞳とはまったく異なる邪悪な瞳だ。

昨夜の残虐な行為を指示したのが彼であることを改めて思い知る。

「私をここから出してください。こんなこと、リーフェ聖教皇女、そしてキース帝の耳に入って問題になってもいいのですか！」

「別に問題になっても構わないが？　聖教皇女もキース帝も近いうちにこの世から消えてもらう予定だからな」

ライズは突然口調を横柄なものに変え、何でもないことのように告げた。あまりにもさらりと言われ、ジュリアは恐怖を感じずにはいられなかった。

「な……何を言うのですか！」

彼が笑顔で護衛らを連れて、ジュリアの前までやってくる。彼の禍々《まがまが》しいまでの笑みに足が竦みそうになるが、ジュリアは懸命にその場にとどまった。

「リーフェ聖教皇女領国もサバラン帝国も一つにまとめ、私が統治するからだ」

「戯言《たわごと》です！」

途端、ジュリアの頬に熱が走った。ライズが平手で頬を打ったのだ。

「あっ」

「未来の皇帝に向かって口が過ぎるぞ。たかが元司祭の分際で、わきまえるがいい」

「あなたこそ、不相応な身分を望むことなどやめたほうがいいわ！」

ジュリアが言い返すと、ライズの背後にいた護衛が槍を突きつけてきた。

「まだ殺すな。この女には価値がある。どうせならキース帝の目の前で殺してやれ。感動的に、な」

「っ……」

キースに何をしようとしているの――？

ジュリアが再度ライズに視線を向けると、彼が何かを心得たように頷いた。

「お前の命と引き換えに、ここに来るように手紙を送った。そろそろ約束をした時間だ。キースの姿が窓から見えるやもしれんぞ」

「残念ね。そんなこと、キースが信じるわけないわ。彼は私がリーフェにいると思っているわ！」

キースに秘密でリーフェを抜け出してきたのだ。彼がこのままライズの言葉を信じずに、ここに救出に来なければいい――。

ジュリアは自分の命を顧みず、本気でそう願った。

自分のせいでキースを危ない目に遭わせたくない。彼には世界を平和にするという大切な役目があるのだから、こんなことで命を失ったりしてはいけない。

だから――。

だから来ないで！　キース！

「心配には及ばん。奴の誤解が解けるように、お前のユニコーンの角のネックレスを送りつけてやった。お前が私の手の内にあるいい証拠になるだろう？」

「えっ……」

ユニコーンの角は落としたのではなく、ライズに盗まれたようだ。ジュリアはきつく彼を睨みつけた。

「何を企《たくら》んでいるの！」

「企む？　莫迦なことを言うな。当たり前の条件を出したまでだ。城を舞台に決戦となると、我々に不利だからな。こちらに来ていただくことにした。企むも何もない。そう――殺すだけだ」

ライズがニヤリと唇を歪めた。

「殺す……」

今さらながらに、ジュリアはキースの身の危険を感じた。

この男は、本気でキースを亡き者にしようとしている。

キース、来てはだめ！

そう願いながらも、キースは来ないかもしれないと思う自分もいた。

キースのことだわ。罠が張られていることくらい想像がつくはず……。

それならば、これを好機と考え、一人では来ず、軍隊を引き連れて一斉攻撃を仕掛けてくるかもしれない。

その場合はジュリアの命はないだろう。

キース……。

ジュリアは胸の上で拳を強く握った。彼が選ぶべき道はジュリアの救出ではない。

英傑帝と名高い彼ならば、国を、国民の幸福を第一に選ぶであろう。いや、そうであってほしい。

そして今度こそ聖教皇女の任期を終えたフェリシアと結婚し、平和な国づくりに尽力してほしい。

──そのためになら、私の命などどうなっても構わない。

「……読み違えましたね、ライズ」

「何を、だ？」

ライズが不可解だとばかりに片眉を跳ね上げた。ジュリアはその表情を見て、少しだけ溜飲を下げた。

この男の思い通りにことを運ばせないわ。キースを出し抜くことなど、この男には絶対無理。器の大きさがキースとはまったく違う。

神がこんな男を皇帝としてお認めになるはずがない──。

ジュリアはライズをきつく見据えた。

「キースは私などを助けには来ません。それよりもあなた方がここにいることで、彼は総攻撃を仕掛けてくるかもしれませんね。一網打尽にできるチャンスを、みすみす逃す彼ではありませんから」

「あり得ないな。そんなことをしたら、お前の命はないのだぞ?」

「私の命などキースには関係ありません」

さすがにこの言葉にはライズも不審そうな顔つきを見せた。その表情を見て、ジュリアはさらに付け足した。ライズの思惑など粉々に砕け散ればいい。

「あなたの当ては外れたわ。キースは私に惚れてはいません」

自分で口にしたにもかかわらず、酷く傷つく自分がいる。ジュリアはその痛みに耐えながら、ライズと対峙した。

「私の命など、意味はないわ」

「嘘を言うではない! リーフェの聖月祭でお前と出会い、恋仲に落ちたと聞いているぞ! キースのほうは腑抜け状態で、国のことも忘れ、興に耽っていると報告が入っておる! 私を惑わそうとして、そんなことを言っても無駄だ!」

「キースは国のことを忘れて現《うつつ》を抜かすような人間じゃないわ。そんなこともわからないの?」

「嘘を言うな!」

「嘘ではないわ。あなたの情報網はたいしたことないってことじゃない?」

「黙れっ!」

「きゃっ！」

ライズの手のひらが再びジュリアの頬を打った。その勢いに倒れそうになるのを、左右からライズの護衛の男に支えられた。

「その女の手をそのまま拘束《こうそく》していろ」

何を思ったか、ライズがジュリアの腕を掴んでいた男に命令する。

「痛いっ……」

ジュリアの左右の手が、それぞれ男たちに拘束され、動けないようにされた。

「何をするの……っ」

手を取り戻そうとしても、屈強な男たちに掴まれていては、なかなか身動きがとれない。

ジュリアはもう一度、命令をした男、ライズに視線を戻した。

「放しなさい！」

「そうやって強がっていられるのも、いつまでだろうな」

「っ……」

ライズのジュリアを見つめる瞳が、次第に狂気の色を帯び始める。

「殺す前に、リーフェの女を味見しようではないか。聖月祭とかいう行事以外、抱くことができない修道女。珍しさもさることながら、この女は滅多にない上玉だ。さぞかし可愛い声で啼いてくれようぞ」

ライズの指がジュリアの顎を持ち上げる。

「あのキース帝を誑《たら》し込んだのだろう？　その性技を私にも見せてみろ」

「あなたはどこまで下劣なのですかっ！」

ジュリアはライズを足で蹴り上げようとした。だが、すぐに男たちに取り押さえられた。

「放しなさいっ！」

「おやおや、なんというじゃじゃ馬だ。これで元司祭様とは呆れるばかりだな」

「あなたも皇帝の叔父という立場なら、もっと品格を重んじるべきです！」

「煩い小娘だな」

ライズは懐から短剣を取り出すと、ジュリアの目の前で、その剣先を舌で舐めた。忌《い》まわしい光景にジュリアは眉を顰めるしかなかった。

「この柔らかな胸に、あの男はどう触った？」

ライズの手がジュリアの胸をいやらしく触ってきた。しかし目の前で短剣をちらつかされては、思うように身動きができない。

「わかっておる。あの粗野で乱暴な男が、お前を丁寧に扱うわけがない。乱暴にされたのであろう？」

質問と同時に、短剣がジュリアの乗馬服の襟元に突きたてられた。そしてそのまま、襟元から裾にかけて短剣が滑るようにして服を切り裂いていく。

「あっ……」

乗馬服の前がはだけ、その下からはジュリアの下着が見えた。

「もっと脱がせやすい服を着ておけばよいものを」

ライズが双眸を細め、愉しそうに呟く。

一方、ジュリアは両手で前を隠したいのに、男たちに捕まっているためにそれさえもできない。恐怖で膝が震えてきた。

キース！

キースの名前を口に出して叫びたい。しかしそんなことをすれば、ジュリアがキースを慕っていることがばれ、この男に弱味を握られてしまう。あくまでもキースとは何も関係ないと態度で示さなくては——。

ジュリアは恐怖でライズの顔を見ることができずに、顔を背けた。

「この面倒なコルセットを剝《は》げば、柔らかな白い肉体が隠れているのだろう？　あの男が来る前に貪り食ってやろうぞ。いや、お前を大勢の男が犯すところを見せてやりながら、あやつの喉笛を掻っ切ってやるのも一興だな、ククッ……」

ライズがジュリアの頬を舌で舐めてくる。あまりの気持ち悪さに涙が溢れそうになった。

キースにもっといろんなことをされたのに、こんな風に気持ち悪いとは思わなかった。

そして今、こんな状況になって気付いた。

キースのことを最初から、本気で嫌いじゃなかったということを。

寧《むし》ろ、好きだったに違いない。彼はまさにジュリアが子供の頃に憧れていた王子様だったのだ。

キース！

心の中でもう一度、彼の名前を叫ぶ。

彼のことが大切だからこそ、ここでは名前を口にできない。名前を呼びたくて、呼びたくて仕方がないのに――。

こんなに愛しているからこそ、あなたを守りたい。私のために不利になってほしくない。

とうとうジュリアの目尻から涙が零れ落ちた。

その涙さえライズが舐めとる。

「嫌がる女の涙ほど、嗜虐心《しぎゃく》がそそられるものはないな」

ライズの指がジュリアの胸の谷間を伝う。すぐにそこに短剣の刃があてられ、下着さえも切り裂こうとしてきた。

「あ……」

恐怖でジュリアの躰が震え上がる。

「あの男が味わった後かと思うと片腹痛いが、仕方ない。存分に可愛がってやろう。二度とあの男に抱かれたいと思えないほどにな」

「や……めてっ……」

ジュリアの胸元に置いた短剣を握るライズの手に力が入る。ジュリアは目をきつく閉じた。

もう……だめ――。

「うわあああっ！」

いきなり部屋の片隅から男の悲鳴が聞こえた。目を遣《や》ると、扉からライズの護衛であろう騎士が飛び込んできて、入口に立っていた男に斬りかかっていた。

「お前たち、どうした！」

ライズが声を上げると、仲間に斬りつけた男のほうがヘルムを脱ぎ、顔を晒した。

ジュリアの息が止まりそうになる。

そこにいたのは、黒い髪、紅い瞳の――。

「お前はキースッ！　どうやってここへ！」

「約束の時間に少し遅れたか？」

キースの鋭い双眸がジュリアを捉え、細められる。

「我が花嫁に叔父上殿は何をなさろうとしているのか？」

彼の冷ややかな声が牢屋に響いた。

「キース……いつの間にここに……。お前の姿などまったく見えなかったのに……」

「フン、誰が正面から来るものか。相変わらず叔父上は間抜けで単純な男だな」

「何を言うっ！　父親殺しのくせに、大きな顔をするではないっ！」

ライズが叫んだ途端、扉の向こう側から全身黒い装束で身を包んだ騎士がさらに数人現れた。その様子にライズが怯《ひる》む。

「私の兵はどうした！　この城の周りを警備させていたはずだ！」

ライズの怒鳴り声に、キースは鼻で嗤って答えた。

「すべて制圧した。あのくらいの兵など、紅闇の手にかかれば他愛もない」

「すべて制圧……？　莫迦な……そんなことあるものか！」

ジュリアも俄かに信じられない。この部屋にいて、戦闘が繰り広げられているような音も怒声も聞こえなかった。ライズに気を取られていたせいかもしれないが、まったく気付かないなんて信じられない。

敵襲に気付く間もなく、皆、やられたというのだろうか。

「叔父上なら紅闇のことくらい聞き知っておろう?」

その問いにライズの顔色が変わる。

「こ……紅闇。お前が紅闇も引き継いでいたのか!」

「私の他に誰が引き継ぐというのだ? 皇帝でない者が引き継げるはずもなし」

「くそっ!」

ライズがいきなりジュリアの腕を捕まえてきた。そのまま胸の中に囚われる。

「なっ! 放して!」

「キース、それ以上近づいたら、この女を殺すぞ!」

「殺したら、お前も殺すまでだ。だがその場合、簡単に死ねるとは思うなよ」

キースは淡々とライズに答えた。

「くっ、私から離れろ! キース!」

ライズは剣を腰から抜くと、所構わず振り回しキースらを牽制した。

ジュリアはどうにかライズの腕から逃れられないかともがくが、簡単に男の腕は解けなかった。

どうしよう。このままでは私がキースの足手纏いになってしまう――。

こうなったら！

「っ！」

「うわあっ！」

ライズが突如、悲鳴を上げてジュリアを放り出した。ライズの手の甲を思い切り噛んだのだ。ジュリアは急いでライズから離れようとした。

「このアマッ！」

しかしライズがそのままジュリアに剣を振り上げてきた。ジュリアは咄嗟に腰に手をやったが、持っていた剣は取られていたらしく、そこには何もなかった。

しまったわ――――！

「ジュリアッ！」

襲い掛かるライズの背後からキースが走ってくるのが視界に入った。まるでスローモーションのようにゆっくりとした動きでジュリアの目にキースの姿が映る。

「キー……」

大きな衝撃がジュリアを襲う。だが痛みはなかった。代わりにドンッと重いものが伸《の》し掛かってくる。

え……？

ジュリアの頬に黒い髪が触れた。

キ……キース？

気付けば腕の中にキースが倒れ込んでいた。

「あ……キースッ！」

刹那、キースがジュリアの代わりに斬られたのだと悟る。

「ふん、やはりな。この男にとって、お前は身をもって庇うほどくらいには、大切だったというわけだ」

ライズが狂気染みた笑みを零しながら見下ろしてくる。

「ち……違う、違うわ！　キース！　キース！　こんなところで死なないでっ！」

「さあ、これで最期だ。完全に息の根を止めてやる！」

ライズは躊躇いもなく、大きく剣を振り上げた。

ドスッ、ドスッ。

鈍い音が頭上から聞こえた。瞬間、ライズの目がこれ以上ないというくらいに大きく見開き、ジュリアを睨んだ。

「うおおおおっ……」

いきなり彼が恐ろしい唸り声を上げながら、崩れるようにして、ジュリアの目の前で倒れる。そして数回床の上で痙攣《けいれん》を繰り返すと、まったく動かなくなった。

その背中には二本の矢が突き刺さっており、その向こうには弓を構えた紅闇であろう黒い騎士たちが立っていた。

「皇帝！」

すぐにキースに駆け寄ってくる。ジュリアも自分の胸の中に倒れこんでいるキースに視線を落とした。

「ジュリア……」

するとと彼が口を開いた。

「キース！」

ジュリアの声にキースの瞼が重そうに持ち上げられる。

「怪我は……ないか？」

ジュリアは首を横に振った。

「ないわ！　それよりあなたは大丈夫なの？」

「大丈夫だ。莫迦力で思い切り殴られたようなものだ」

彼の背中を見ると、剣が当たった甲冑《かっちゅう》の部分が大きくへこんでいる。

「皇帝、ご無事ですか？」

すぐに黒い装束の騎士らが駆け寄ってくる。

「ああ、大丈夫だ。数秒ほど気を失っただけだ」

「気を失ったって……本当に大丈夫なの？」

「ああ、この紅闇専用の甲冑《かっちゅう》と鎖帷子《くさりかたびら》が守ってくれたからな。打撲程度で済んだようだ」

甲冑のことはあまり知らないが、確かにこの甲冑は普通のものよりかなり分厚いものだった。重さもかなりあるだろうことがわかる。

ジュリアは胸の中にキースをぎゅっと抱き締めた。

「なんて無茶をするの！」

怒鳴った途端、自然と熱い物が込み上げてきて、ジュリアの頬を濡らした。

改めて彼のことが好きだと実感する。酷いことをされ、司祭の座も失ってしまったけど、それでもいつの間にか、こんなに彼を愛してしまっている。

神様――――。

ジュリアは今までのうちで一番強く神への感謝の気持ちが湧いた。

この強い神への感謝の気持ちはキースと出会わなければ、生まれなかっただろう。

聖教皇女宮殿では、普通の感謝の心は培えても、ここまで強い気持ちには無縁で過ごしていたはずだ。

私はここに来て、よかった――――。

ジュリアはキースの隣にいられることが心から幸せに思えた。

「あなたは皇帝なのよ。無鉄砲にもほどがあるわ」

「皇帝たるもの、皇妃を守れずして何になる。自分の妻を守れないのなら、国などもっと守れないぞ」

「……キース」

まさか彼がそんなことを言うとは思ってもおらず、ついキースの顔をじっと見つめてしまう。すると彼がどこか照れたような表情をし、視線を逸らした。

「……お前が無事でよかった」

「え……？」

思わず聞きなおしてしまったが、キースはジュリアの声を無視して、傍にいた騎士に声を掛けた。

「ライズは死んだのか？」

「はい、毒矢を使いましたから」

「ふん」

騎士の答えにキースは大して感慨に耽《ふけ》ることもなく、何でもなさそうにすぐに視線をライズから外し、立ち上がった。

しかしジュリアには彼がライズの死をどこか悲しんでいるような気がした。

たとえ罪人であっても、叔父という人間を殺したことに、彼は痛みを覚えているのだ。

きっと彼も本当はこんな結末を望んでいなかったのだろう。

長い間、よい方法を模索し続け、しかしこれが最終的に出た結果なのかもしれない。

決して嬉々として待ち望んだものではないのは確かだ。

優しい人間は傷つきやすい。傷つきやすいからこそ、心に壁を造ろうとする。

孤独に陥りながらも、傷に気付かない振りをして、己の信念に向かって歩んでいく姿は、
英傑帝と呼ばれるには相応しいのかもしれない。

しかし傍らで見ているジュリアには耐え難い。

「キース」

ジュリアは立ち上がったキースの背中にしがみついた。

「何だ……?」

あなたが辛そうだからとは口に出しては言えない。

「……少しほっとしただけです。このままでいてもらってもいいですか?」

そう言ってしがみ付く。少しでもキースの悲しみを取り除きたい一心で。

「……仕方ないな」

キースは本当に仕方なさそうにそう呟いたのだった。

◆◆◆

あれからライズと共謀し、反乱を企てていた人間が次々と捕まった。

森へ逃亡し、隣国に亡命しようとしていたデュラン公爵の身柄も無事に確保し、とりあえず国家を揺るがす反乱は、夜になってようやく終息した。

ジュリアにとっては、昨夜リーフェを抜け出してからとても長い一日であった。

ライズに盗られたユニコーンの角は、キースが返してくれた。しかしジュリアくらいしか気付かないほどのほんの僅か、ユニコーンの角が欠けていた。

それは、もしかしたら神がキースを守ってくれた証拠なのかもしれない。

ジュリアは改めて神に感謝した。

そのまま、この事件一連の後始末を、キースが終えるのを待ちながら、深夜、ジュリアは城のライブラリーでうつらうつらしていた。

手に持っていた本も、既に机の上で閉じられている。寝ていなかったのと、極度の緊張から解放されたこともあり、睡魔の手から逃れることができなかったのだ。

――そっとジュリアに触れる手がある。

深いまどろみから意識が少しずつ浮上する。優しい手は、宝物に触れるかのようにジュリアの躰を大切に撫でてくる。

しかしその手が徐々に深い場所まで侵入し始め、躰の芯から湧き起こる官能的な痺れに、ジュリアはとうとう目を覚ました。

「え……」

目を開けると、すぐ目の前にキースの顔がある。

「キース……お仕事、終わったの？」

と、問うには少し間の悪い体勢であった。既にジュリアのドレスは脱がされ、ほぼ全裸の状態でキースに組み敷かれていたのだ。

「キ、キース！」

「どこまで触ったら目が覚めるのか、試していたところだ。意外と起きないものなのだな。もう下着も脱げかかっているぞ」

「今日は特別です！　そ、それに！　何しているんですか！　こ、こんな破廉恥な……」

　ジュリアは慌てて、ライブラリーの床に放り投げられていたドレスを引き寄せ、それで胸を隠した。

「お仕置きだ、ジュリア」

「お、しお……き？」

　いきなり告げられた言葉に目を丸くする。どうして今お仕置きされるようなことになるのか、ジュリアには理解できなかった。

「その顔では自分が何をしたのかもわかっていない様子だな」

「ええ、わかってないわ。私が一体何をしたっていうの？」

　ジュリアの質問に、キースはわざとらしく溜息を零した。

「お前は昨夜、深夜にもかかわらず、一人で国を飛び出して、私を追ってきただろう」

「それが何か？　あなたが黙って出ていったのが悪いわ」

「それだけじゃない。危ないことに首を突っ込んで……私がどれだけ冷や冷やしたかわからないのか、このじゃじゃ馬が！」

「じゃじゃ馬って……」

　むっとしてキースの顔を見つめると、思った以上にキースが真剣な表情をしており、ジユリアもさすがに自分も無茶をしたかもしれないと、思い直した。

でも――。でも、ジュリアにも言い分がある。

「キース、あなたに何かあったのかもしれないと思うと、居ても立ってもいられなかったのよ。あなたが知らないところで危険な目に遭ったり、怪我をしたりなんて、してほしくないの」

「ジュリア……」

キースの瞳が僅かに見開く。どうやら自分がそんなに心配されていたとは思ってもいなかったようだ。

「いつでもあなたの傍にいたいの！」

「ジュリア」

キースはドレスを摑んでいたジュリアの手をとると、そっとその手に唇を寄せる。

「私は誰にも傷つけられない、無敵の英傑帝だ。そんな心配は必要ない」

「だけど……っ」

「……だが、それも少し違ったかもしれないな」

彼がふと寂しげに笑ったのを目にして、ジュリアは少しだけ不安になった。

「キース？」

ジュリアの声にキースのルビーのように美しい紅い瞳が向けられる。

「……今までどんな人間にも傷つけられることはないと思っていた」

彼の瞳に戸惑いを隠せないジュリアの顔が映っている。

「だが、たった一人だけ私を傷つけることができる人間がいた」

そんな――――！

キースを傷つける人間がいるとするのなら、ジュリアはその相手から全力でキースを守りたいと願った。しかし――――。

「それが、ジュリア、お前だ。お前だけは唯一、私を傷つけることのできる人間だ」

「私が……？」

どうして私がキースを傷つけるの？

ジュリアは意味がわからず、キースを見上げた。

「お前がライズに囚われたと聞いて、私がどんな思いをしたかわかるか？　敵の剣の前に晒されても怖いと思わなかった私が、初めて恐怖を覚えた。お前に何かあったらと思うだけで、この私が竦むのだ。わかるか？　この思いがどれだけのものか」

「どうしてそんな……」

どうしてキースがそんな風になるの？

「ライズにお前が暴行を受けそうになっていたのを見て、頭に血が上った。奴を生かしてはおけないと本気で思った。お前は私を冷静でいられなくさせる」

彼の顔を正面から見つめていると、彼の瞳が苦しそうに細められた。

「お前こそが、私の唯一の弱点だ。お前に何かあったら、私は生きていけないだろう。お前は私の命そのものだからな」

え……。

彼の真剣な瞳とかち合う。まるで愛の告白を受けているような気になった。

まさか……そんな……。

気のせいだわ。キースが私にそんな思いを抱いているはずはないし。

「だからお前はたとえ私のためであっても、危険なことはするな」

「っ……」

キースが言い終えた途端、ジュリアの唇をキスで塞いだ。

あ……。

じわりと胸が熱くなる。ジュリアが幸せを感じる前に、躰が反応した。擽《くすぐ》ったい気持ちが溢れ出し、自然と笑みが零れる。

こんなに心が、躰が幸せだと訴えてくるのだから、ジュリアの気持ちなど、自分自身で

改めて考えなくともわかっていた。

キースが私のことを好きって聞いただけで、胸がどきどきするほど嬉しいなんて……。

好きな人が自分のことを好いてくれることが、こんなにも温かで幸せなことだとは、体験しなければわからないことだった。

そしてそれは本当に奇跡に近いことのように思える。

この世界で数え切れない人間がいる中、偶然に出会い、そしてお互い惹かれ合い、伴侶になる。

それは神様がもたらしてくれた、奇跡の一つだ。

彼の唇が名残惜しそうにジュリアの唇から離れていく。それを追い掛けるようにして、ジュリアは彼の名前を呼んだ。

「キース……」

彼を見つめると、どうしてかキースの表情が少しだけ怒っていた。

「キース?」

「だから、なお更、私は傷ついたのだ」

「え?」

「お前がライズに言ったことだ。私がお前を助けに来ないって宣言していただろう」

「あ……」

確かにそんなことをライズに言ったような覚えがある。しかしあのときは、キースが自分のことを本当に愛してくれているとは思っていなかったし、ライズにそう告げることで、混乱させようとも思ったからだ。

「私はお前にまったく信用されていないのだな」

「そんなことは……っ」

どこからキースに説明したらいいのかわからず、言葉を詰まらせると、彼の機嫌がいよいよ悪くなり始めた。

しかし今はそれを怖いとは思えなくなっている自分がいる。どちらかというと拗《す》ねている感じがして、可愛いとさえ思えてしまうのだから、人の感情というものは不思議なものだ。

ジュリアはクスリと笑った。

「なんだ?」

キースの片眉が少しだけ跳ね上がる。

「私もあなたに愛されているとは知らなかったの」

「え……」

いきなりキースの表情が歪んだ。そして初めて見たような顔をして、自分でもどうしたらいいのかわからない様子で視線を逸らした。

「……そ、そうか」

キースの耳が僅かに赤みを帯びているように見えるのは目の錯覚だろうか。

「あの……それに、私、もしかしたらキースはフェリシア聖教皇女様のことが好きなのかと思っていたし……」

「え?」

キースの視線がジュリアに戻ってくる。

「私、それでもいいと思ったの。あなたが聖教皇女様のことが好きでも、私はあなたを一番愛していくって決めたから……」

「お前は……くっ」

キースが苦々しい表情をして、いきなりジュリアをきつく抱き締めた。

「どうしてお前はそんな勘違いをするんだ。私がこれだけ気を遣っているのはお前だけだぞ!」

「え?」

気を遣っている?

今度はジュリアが声を上げる番だった。とてもキースに気を遣われているとは思っていなかった。大体、愛されていることさえもわからなかったのだから、気を遣われているなんて思うはずがない。

しかし、目の前のキースから、不穏な空気が流れているのは感じずにはいられなかった。

「あ、あの……」

「やはりお前にはお仕置きが必要だな。私のことを信用していないどころか、疑っていたりしていたのか」

乱暴に床に四肢を押さえ込まれる。

「きゃ」

すぐ目の前に彼の澄んだ瞳が迫った。その瞳に吸い込まれそうになりながらも、ジュリアは言い訳を口にした。

「だって……聖月祭のルールも無視し、私と結婚するなどと口にしたし。フェリシア様に無理難題を押し付けて気を惹こうとしていたのかと……」

「はあ？　どうして私がそんな面倒なことをしないとならないのだ？　まあ、確かにちょっと嫌がらせをしようとしていたことは認めるが、決して色恋の感情ではないぞ」

心底驚いた様子でキースがジュリアを見下ろしてきた。どうやら本当にフェリシアのことは何とも思っていないようだ。

「色恋の感情ではない……」

そう呟くと、キースが悔しそうに小さく舌打ちをして、言葉を続けた。

「気のない女に遠回しにそんなことをするか。気があるなら、さっさとモノにするぞ。それこそお前のように結婚まで決める」

「だって……私、あなたと会ったばかりで、あなたも私のことを全然知らないのに指名したり、結婚するって言い出したり……愛なんてどこにも感じないじゃない」

「お前はどこまで鈍感なんだ。一目惚れに決まっているだろうが！　まったく。はっきり言わないとわからないのか、お前は」

「え……？」

彼が何と言ったのか、ジュリアの頭に入ってこず、思わずじっと見つめてしまった。するとキースも開き直ったのか、きっぱりと言い放った。

「お前が馬から落ちたときから、気になっていた。話をしてみて、さらに好きになった。少し一緒にいただけで、お前が必要だと思った。それだけでは駄目だというのか？」

「キ、キース……」

カッと燃え上がるような熱がジュリアに広がる。正面切ってそんなことを言われるとは思ってもいなかった。

「恋に落ちるのに時間なんて関係ない。好きだと思ったら、そんなもの一瞬だ」

「あ……あの……」

どう答えていいのかもわからず、しどろもどろになっていると、キースの手が乱暴にジュリアの手からドレスを奪った。

「こんなことを私に言わせたからには、責任はとってもらうぞ、ジュリア」

キースの形のよい唇が不敵な笑みを作る。それだけでジュリアの下肢がジンッと痺れた。

彼の冷たい唇がジュリアの首筋に落ちる。そこから鎖骨へ伝い、すぐに柔らかな乳房を丹念に舐めだした。

「あっ……んっ……」

きつく、それでいて甘く乳房を吸われる。次第に彼の冷たかったはずの唇がゆっくりと熱を帯び始め、ジュリアの胸を温かく濡らしていく。それに呼応するようにジュリアの躰の奥にも淫靡な焔が灯った。

躰中の見られてはいけない官能的な欲望が、彼のキスによって暴かれていくようだ。

彼の唇が触れるたびに、もっと下への刺激が欲しくなる。

「ああっ……」

唇に続けてキースの指が乳首に触れてくる。目覚めたばかりの快楽を更に強く呼び起こしてきた。

「んっ……あ……」

淫らさを伴った声が自然と出てしまう。ゆっくりと彼の指は乳首を弄り、そしてもう片方の乳首は舌で嘗《な》め回された。

「あっ……」

ジュリアは抵抗らしい抵抗もできずに、自分の中に荒れ狂う快感の波に翻弄されるしかなかった。

熱が背中を駆け上がってくる。胸を触られただけなのに、こんな淫らに喘ぐ自分に驚くしかない。たぶん相手がキースだと思うから、狂おしいほどの熱が躰から溢れてくるのだろう。

「んっ……ああっ……」

ジュリアの零す吐息さえも逃すまいと、再びキースが口付けしてきた。口腔を弄られ、舌を柔らかく嚙まれる。そして引っ張られるようにきつく吸われた。

口の中を散々蹂躙され、ジュリアの意識がぼんやりとし始めた頃、キースの指が太腿の付け根へと滑り込んできた。そのまま陰毛の剃られた柔らかい肉へと伝う。

「あ……んっ……」

媚肉を指で擦られ、ジュリアは声を上げそうになるのを辛うじて止める。しかしそれが不服だったのか、キースの指は執拗にジュリアの蜜を求め出した。

「っ……ああっ…キースッ…」

既にキスだけで濡れ始めていたそこは、キースが肉芽を指の腹で撫でた途端、凄絶な快感と共に、じわりと温かく湿った感触を覚える。

「こんなに濡れて…私に触られるのが、そんなに嬉しいか？　ジュリア」

耳に舌を挿れるようにして囁かれた。そのむず痒いような感覚に、ジュリアの下肢が甘く濡れる。

「……あなたは私に触れて嬉しくないの？」

「ん？」

キースは無言でジュリアの手をとると、自分の下肢に導いた。

「っ！」

そこにはトラウザーズの上からも充分にわかるほどの、硬さと熱を持ったキースの欲望が、しっかりと存在をアピールしていた。

「私もお前を見ただけで、この通りだ」

「キ、キース……デ、デリカシーがなさ過ぎるわ」

「そんなもの、私に期待するほうがおかしい」

そう言いながら、ジュリアの手を持ったまま、トラウザーズの下へと手を忍び込ませる。

そして下着の上からキースの肉欲をつかまされた。

「お前の手で扱《しご》いてくれるか？」

「そ……そんな、私、どうやってするのかも知らないし」

「こうやって、するんだ」

ジュリアの手を上から摑んだまま、キースは己の男根を扱き始めた。

「あっ……」

すぐにジュリアの手の中で彼が一層硬くなる。

「しっかり握っていろ」

熱い吐息を鼓膜に吹きかけられ、ジュリアは躰の芯から湧き起こる情欲に耐え切れず、腰を揺らして自分を組み敷く男を誘った。

「私が欲しいか？」

「欲しいの……キース」

「……まったくお前は男殺しだな」

キースは困ったように眉間に皺を寄せると、突然荒々しくジュリアの膝を肩に抱えた。二つに躰を折るような形にさせられる。

陰毛を綺麗に剃られた秘部が、彼の目に晒される。その中心に潜む蜜の泉に、彼の視線が注がれるのを痛いほど感じた。

しかも彼を欲しがりジュリアの隘路の肉壁がひくひくと蠢いているのも見られているような気がして、恥ずかしくなる。

「キース……あまり見ないで」

そう言うのが精一杯だ。

「見ない代わりに舐めるぞ」

「え!?」

ジュリアの驚きの声を無視して、キースは躊躇うことなく、ジュリアの陰部に唇を寄せた。

「あああっ……」

ちゅうと音が出るほどきつく吸われたかと思うと、媚肉や芽を舌でぐりぐりと捏ねるようにして舐められた。

「あっ……キース……だめ……え……あんっ……」

隘路の襞を確認するかのように、ジュリアの中にキースの舌が侵入してきた。重なり合う花弁を嘗め回され、ジュリアはあられもない声を出すしかなかった。

「ジュリア、挿れるぞ」

彼の言動に翻弄されているせいで、声も出せない。しかしキースはそんなジュリアに対して、別に返事を待つこともなく、己の熱を帯びた屹立を深淵の際に押し当てた。

「ああっ……」

花弁が広がる感覚にジュリアは大きく息を吐いた。彼の欲望を受け入れ、そのあまりの熱さに眩暈さえ感じる。

「あああっ……」

ゆっくりとキースが入ってくる。狭い道を押し広げながら、それは奥へ奥へと埋め込まれた。彼の太い牙は隙間なくぴっちりとジュリアに収まり、その圧迫感にどうしてか幸福感を覚えた。

好き……私は、この人とこれからもずっと一緒にいたい……。

ジュリアは自分を貫く彼の背中をそっと抱き締めた。心がほんわりと温かくなる。

人を愛するという心は、こんなに身近に存在しているのだと、改めて感じる。

「ジュリア、大丈夫か?」

ジュリアの前髪をキースが指で払い除け、額にキスを落とす。まるで彼に愛の洗礼を受けているようだ。

ジュリアは小さく頷く。

「動いていいか？」

再びジュリアが頷いた途端、それまで緩慢だったキースの動きが急に激しくなった。

「あぁっ……」

自分でも驚くほどの快感が、血管という血管を沸騰させ、神経を麻痺させる。堪らずキースを締め付ければ、お返しとばかりに腰を揺すられた。

何かがスパークして意識が飛びそうになる。

「はっ……んっ……」

激しい抽挿が繰り返される。それによってもたらされる強すぎる快感に、ジュリアの背中が大きくしなった。

「ジュリア——！」

思いの丈を詰め込んだ彼の叫びを耳にする。彼の腰の動きが更に激しくなり、ジュリアの最奥に叩きつけるように、何度も抜き差しを繰り返す。

もう何もわからず、どこかへ流されていきそうになる。

どこでもいい……。

キースと一緒なら、どこへでも行ける……。

「あっ……あああっ……キー……あっ……んっ……」

「ジュリア……」

ジュリアの意識が真っ白になる寸前、キースがこれ以上はないくらいの愛しさを込めてジュリアの名前を呼んでくれた。

「キース……」

キースが幸せそうに笑うのを目にしながら、ジュリアは一層彼の背中に強くしがみついたのだった。

あれからライブラリーで終えた後、寝室のベッドへと場所を移し、二人は一晩中、何度も愛し合った。

そしてそろそろ東の空も明るくなり始めた頃、いつまでもジュリアを胸から放さないキースがポツリと呟いた。

「今日、リーフェに戻ろう」

「リーフェに?」

キースの胸に耳をあて、彼の鼓動を聞いて安らいでいたジュリアは、その言葉にふと顔を上げる。

「まだ聖月祭は終わってない。私もこの国にいたら、公務に追われて、お前と一緒にいられないしな。せめて聖月祭の間くらいは、腑抜けというものになってみたい」

「腑抜け?」

「今回、叔父たち反乱分子を燻り出すために、そういう噂をこの国に流しておいたのだ。キース帝はリーフェで女性にうつつを抜かし、政治に興味をなくしている。サバランにも当分帰ってこない。今なら隙だらけだってな」

思わぬ内容にジュリアは一瞬瞠目したが、すぐに溜息を吐いた。

「はぁ……悪い人ね」

「国民の不利益になるようなことは、さっさと片をつけないといけないからな」

気障《きざ》ったらしくジュリアにウィンクをしてみせる。こういう表情を見るにつけて、どんどんキースの印象が変わっていく。最初に抱いた怖いという思いは、どこかに消えていってしまった。

ここにいるのは口が悪くて横柄だが、国のことを思い、そして本当は優しい英傑帝だ。

「こちらに再び戻ってきたときには結婚式だ」

「結婚式……」

鼓動がとくんと大きく波打つ。

子供の頃、王子様には憧れていたが、自分に王子様が現れるのが嫌だと思っていた。結婚なんてせずに、ずっとリーフェに居たいと切に願っていた。それが――。

ジュリアは目の前にいる男をじっと見つめた。

この人がいなければ、私は何も知らない人間だったかもしれない。リーフェで心穏やかに過ごせたかもしれないけど、キースと出会った今、彼と一年に二回しか会えないという環境に、耐えられるとは思えない。

本物の恋を知ってしまったから――。

ジュリアは胸が締め付けられるような思いを感じた。

すると、キースがいきなり上半身だけをベッドから起き上がらせた。胸の上に顔を寄せていたジュリアも自然に起き上がる形になる。

二人でベッドの上で正面を向き合った。

「キース？」

彼の紅い双眸が優しげに細められる。

「本当は叔父の反乱を片付けて、リーフェに戻ったら渡すつもりだった」

「え？」

キースが枕の下から何かを取り出した。

「あ……」

「……お前のために特別に作らせたユニコーンの角だ」

どこか照れたように渡されたユニコーンの角は、かなり立派なものだった。

角にちりばめられている宝石はすべて本物であろう。見ただけでも高価なものであることがわかる。たぶんジュリアが持っているユニコーンの角よりも立派なものだ。

「お前の持っている物と一緒に、これも大切にしてくれ」

「こんな立派なものを……」

「私はお前の生きる糧であった信仰の道を奪った。それがお前にとってどんなに辛いことか想像できる」

「キース……」

彼の言葉にジュリアの心が浮き立つ。

「だが私はお前が辛いとわかっていても、お前を手放すことができない。リーフェにお前を帰してやることが、一番の幸せかもしれないと思うときがあっても、駄目だ。すべては私のエゴだ」

彼がそんなことを考えていたとは、ジュリアには想像もできなかった。

「そんな私が今、お前にしてやれることは、ユニコーンの角を作ってやることくらいだ」

ジュリアは小さく首を左右に振った。

「いざとなると、こんな些細なことしかできない私だ」

些細ではない。ジュリアはキースのお陰で外の世界の素晴らしさ、そして真の平和を目指すという新たな目標ができたのだ。キースの影響はとても大きい。

「こんなことで許されるとは思っていないが……」

キースはそう言って、ジュリアの首にユニコーンの角を掛けた。ジュリアは再び首を、今度は大きく横に振った。

「違うわ。私の一番の幸せはあなたの隣にいることよ。神への信仰はどこにいても続けられるの。あなたと一緒に生きていくことが、私の一番の望みで、それが幸せなの」

「ジュリア……」

「だから、リーフェに私を帰したりしないで。一生、傍にいさせて」

「当たり前だ。絶対離すものか――」

キースがぎゅっとジュリアを抱き締めてきた。

「改めて、プロポーズする。ジュリア、私と結婚してくれ」

あ……。

刹那、ジュリアの瞳から大粒の涙が溢れ出た。ついでに嗚咽も漏れそうになり、慌てて手で口を塞ぐ。

「ジュリア?」

いきなりジュリアの涙を見せられ、キースが困惑の色を見せる。ジュリアは手の甲で涙を拭って、彼のプロポーズを真摯に受け止めた。

「……はい、結婚してください」

やっと出た声で返事をすると、柔らかな朝の日差しに包まれる中、キースの唇がジュリアの目尻に寄せられた。

「愛している、ジュリア。二人の仲をたとえ死が分かつことがあっても、未来永劫、お前を愛する」

「……私もです。私もあなただけを愛しています、キース」

最後の言葉を告げ終えるかどうかというタイミングで、今度は唇を塞がれる。

「その言葉、忘れるな」

キースの、らしくない念押しに、ジュリアは花が綻《ほころ》ぶような笑顔を見せたのだった。

エピローグ　幸せは永遠に

「聖月祭も、もう明日で終わりか……」

冬の日差しが燦々《さんさん》と降り注ぐサンルームで、絨毯の上に行儀悪く寝転んで本を読んでいたキースが呟く。

「二週間、あっと言う間だったわ」

キースの隣に座っていたジュリアは、レースを編んでいた手を止め、キースに視線を向けた。

ガラス張りのサンルームからは冬の気配を感じる庭がよく見える。夏に青々としていた木々が金色へと紅葉し、今はかなり葉を落としていた。その様子で、冬がもう間近に迫っていることを悟る。

さらに、この時季になると、各地から多くの渡り鳥が寒い冬を越すためにリーフェにやってくる。空を振り仰げば、鳥が綺麗に並んで飛んでいくのが目に入った。

「昼食が済んだら、渡り鳥を見に行きませんか？　そろそろリーフェの池に、多くの渡り鳥が集まってくる季節なんです」

「いいな。渡り鳥をわざわざ見に行ったことはないから、興味がある」

キースは上半身を起こすと、ジュリアの膝に頭を載せてきた。

「キ、キースッ」

あまりにも突然で、しかも自然に膝に頭を載せてきたので、ジュリアの心臓が思い切り爆ぜた。だがキースはいたって平静な様子で、そんなジュリアを見上げてきた。

「なんだ？」

「あ……あの、膝枕って……」

そう言うと、キースの眉間に僅かばかり皺が寄った。何か不満でもありそうな顔つきだ。

ジュリアが小首を傾げると、あからさまに呆れた様子で口を開いた。

「未来の夫に膝を貸すのは妻として当たり前であろう？」

「え？　え……あの」

どう対応したらいいのかわからない。あたふたしていると、下から笑いが聞こえた。キースだ。

「キース、もう！」

またからかわれたらしい。ジュリアが唇を尖らせると、そこにキースが素早くキスを仕掛けてきた。

「愛している、ジュリア」

「キース……」

彼の指がジュリアの金の髪に絡んでくる。そして毛先にもふわりと唇を寄せた。

「お前に少しでも触れていないと、心が飢える」

彼の唇が毛先からジュリアの首筋へ移る。

「あ……」

キースが際どいところに唇を寄せてきたかと思うと、ふと彼の動きが止まる。

「キース？」

「ジュリア、ユニコーンの角はどうしたんだ？　司祭のときに使っていた方のがないが？」

「あ……」

ジュリアはキースからユニコーンのネックレスを貰ってからは、以前から持っているものと併せて、二つ首から提げていた。それが今はキースから貰ったものしかなかった。

「どこかに落としたのか？」

キースがそれまでの甘い雰囲気を一掃し、真剣な様子で立ち上がった。ジュリアにとってそれがどんなに大切なものかわかっているからだ。

「あ……あの！」

しかし、そんなキースにジュリアは慌てて声をかけた。

「ここにあります」

ジュリアはレース編みをするために傍に置いておいた裁縫箱から、宝石などで綺麗に細工が施された鎖を取り出した。

実はキースを驚かそうと思って、こっそりと隠しておいたのだ。先にキースに気付かれるとは思っておらず、少しばかり動揺してしまう。

「あの……これを」

鎖には司祭時代に身につけていたユニコーンの角がつけられていた。

「あなたが身につけられるように、鎖を短いものに付け替えたの」

「私が身につけるために？」

ジュリアが司祭のときに使っていた、とても大切なものだったが、新しいものをキースがプレゼントしてくれたのもあって、これを彼に渡そうと決めていたのだ。そして先日、キース用に鎖の部分を短くするため、工房に出していたものが今朝届いたので、渡す機会を窺っていたところだった。

祈りに使うためのユニコーンの角は、胸より下まで届く鎖の長さが普通だが、キースが身につけるなら、長すぎて動きにくいだろうと、胸元の長さの鎖に付け替えた。

「このユニコーンの角は、リーフェの司祭であったことを示す大切なものではないのか？」

「大切です。大切だからこそ、私の一番大切な人に身につけてもらいたかったの」

そう言うと、キースの瞳がみるみるうちに大きく見開かれる。

「どうか、神のご加護をあなたに――」

ジュリアはそう祈ると、想いを込めて角に唇を寄せ、それをキースの首に掛けた。途端、手を摑まれる。

「キ、キース！」

驚きの声を上げるが、キースはジュリアの指先に舌を這わせ、続けて指を甘噛みしてきた。

「キスをするところが違うと思うが？　ジュリア」

「え……？」

「するなら、ここだ」

そう言うと、キースがいきなりジュリアの唇を奪った。そのままジュリアの唇を上からペロリと舐め上げ、悪戯っぽい子供のような笑みを浮かべる。

「あ、あなたって……」

ジュリアの顔がボッと音を立てて燃えるように赤く染まった。まだまだこういうことには慣れない。

固まったままでいると、キースがプッと噴き出す。

「まったく……数え切れないほど肌を重ねたというのに、お前は相変わらずウブだな。確かに、そこが可愛いのだがな」

「か、数え切れないって……もう、知りません！」

ぷいと顔を背ける。するとキースはジュリアの耳元に唇を寄せた。

「……ありがとう」

「え……」

聞いたことのない言葉を耳にし、ジュリアはキースに視線を戻した。

「大切にしよう。お前のこのユニコーンの角と……そしてお前の気持ちも。私にはかけがえのないものだからな」

キースが本当に――本当に嬉しそうに笑った。ジュリアは瞬間理解した。

幸せというのはこういうことかもしれない。

愛する人が、傍で笑ってくれていること――。

「キース……」

「幸せというものは、意外と近くにあるものだな」

ふとキースがそんなことを口にした。それはジュリアが今、考えていたこととよく似ていて――。

っ――。

胸に幸せが溢れ返り、甘い熱となってジュリアの瞳を潤ませ、そして頬へと流れ落ちた。一度許すと、次から次へと幸せの涙が溢れてくる。

「ジュリア、どうしたんだ、急に」

キースが優しく指で涙を拭ってくる。彼も突然涙を流し始めたジュリアに驚いているようだった。

「今、私も同じことを思っていました」

「なに？」

「幸せはいつもあなたの傍にあるのだと気付いたの」

するとキースがなんとも微妙な表情をし、そして照れを隠すように、きつい口調で言い返してきた。

「今頃そんなことに気付いたのか」

言い終わるや否や、きつく抱き締められる。幸せで胸が苦しくなるなんて、キースに会うまで知らなかった。

「聖月祭がもう少し続けばよいと思っていたが、やはり早くサバランに帰って、結婚式を挙げて、お前がどんなに幸せか、しっかりと教えてやらねばならないな」

「もうしっかりわかっているわ」

ジュリアは自分を抱くキースを見上げ、そっと唇を寄せた。そして、彼の耳朶がみるみるうちに真っ赤に染まっていくのを目にしながら、幸せを噛み締めたのだった。

近い将来、サバラン帝国は妃を迎え、更なる繁栄を約束されることになる——。

END

あとがき

ご無沙汰しております。または初めまして、ゆりの菜櫻《なお》です。

前作『シークレット・ローズ』から、気付いたら二年弱経っておりまして、月日の経つ早さにびっくりしております。

さて、今回はあとがきを四頁もいただいているので、いつもよりいろいろ詳しく書いていこうかなって思います。問題はどこかで息切れするかもしれないってところですが……頑張れ、私（笑）。どうぞお付き合いください（汗）。

ティアラ文庫様での三作目になる今回は、女性ばかりの聖職者の国、リーフェ聖教皇女領国が舞台になっております。

町のイメージはスペインのトレドです。本当に古い都市が、そのままそこだけ切り取られたかのように残っている様子が印象的な町です。

そんなトレドを少しアレンジして、屋根はドイツの片田舎のようにオレンジ色。日差しは柔らかく、国境近くに行けば牧草地が広がっている風景を頭に思い浮かべ書いておりました。

町は石畳、毎日各国からの産物を運んだ馬車や、子供たちが遊びまわっています。

時間になると聖教皇女宮殿にある大聖堂の鐘が優しく響きます。鐘の音を聞きながら、石畳の町を歩くのも素敵だなぁ……。

リーフェは女性ばかりの国ですが、巡礼にくる信者、行商人には男性もいます。もしかしたらそんな人たちとも恋が芽生えているかもしれませんね。

そう思うと聖月祭以外の期間でも意外とロマンスが溢れている国かも。でもエッチはご法度《はっと》ですけどね！

ちょっとだけ現在の聖教皇女、フェリシアの恋愛を考えてみました。

聖教皇女の任期中は聖月祭のほか、恋愛は一切禁止なのですが、フェリシアを慕う男性が、こっそり禁を破って宮殿に侵入していそうです。

以下妄想（笑）。

フェリシアが公務を済ませ、部屋に戻ると人の気配が。そこには某国の王の姿が。

「な……どうしてあなたがここにいるんですか？」

「君があまりにつれないからね。こちらから会いに来たまでさ」

この王は遊び人で、いい加減な王様なんですが、それは世を忍ぶ仮の姿（どこかで聞いたような……笑）。実は、すっごい頭のきれる王様。サバラン帝国のキースも一目置いている人物なのですが、フェリシアが聖教皇女の役に就く前に、聖月祭で褥を共にしてから五年。ずっとぞっこん。

フェリシアの聖教皇女の任期が終わるのを待てずに、掟を破っては会いに来る破天荒な王様なのです。

フェリシアも憎からず思っているのですが、いかんせん任期真っ只中。リーフェを繁栄させるためにも、受け入れられない。

でもそんな時、この王様の国を陥れなければならない事件が起きて……。

きゃ〜！

……みたいなフェリシアの恋愛なんてどうかな、と妄想してみました（笑）。

またはちょっと担当さんとお話をしていたのですが、ジュリアとキースが結婚して、子供が生まれた後、授乳プレイなんてどうかしら（ハート）なんて腐った妄想を巡らす私であります。あれ？　変態入ってますね（汗）。

モノを作るというのは、ときにはサドで、大体においてマゾでないとやっていけないと思うのですが、私も普段いろいろとマゾ的立場であるので、その鬱憤か、つい作中の登場人物を苛めたくなるサド心が刺激されます。（ん？　サド心が働いて変態に……なるのか？）

あ、なんとなく四頁埋まりそうですね！　では本題に入らねば！

今回素敵なイラストを描いてくださったのは、Ｃｉｅｌ先生です。ラフを拝見させていただいたのですが、麗しすぎてウホッと声が出ました（笑）。衣装も本当に素敵で、嬉しいです。出来上がりを楽しみにしております。

そして担当様。ご無沙汰で、いろいろとお導きをありがとうございます。まだこのあとがきを書いている時点では、著者校正をしていないのですが、きっとたくさんご迷惑を掛けていると思われ……（汗）。どうぞ宜しくお願いします。

最後になりましたが、ここまで読んでくださった皆様に最大級の感謝を。まだまだ拙いですが、少しでも楽しんでいただけるように猛省しつつ、これからも日々精進していきたいと思います。

それでは、またどこかで皆様とお会いできるのを楽しみにしております。

ゆりの菜櫻

皇帝《こうてい》の求婚《きゅうこん》

ティアラ文庫をお買いあげいただき、ありがとうございます。
この作品を読んでのご意見·ご感想をお待ちしております。

✦ ファンレターの宛先 ✦
〒102-0072　東京都千代田区飯田橋3-3-1
プランタン出版　ティアラ文庫編集部気付
ゆりの菜櫻先生係／Ciel先生係

ティアラ文庫WEBサイト
http://www.tiarabunko.jp/

著者――ゆりの菜櫻（ゆりの　なお）
挿絵――Ciel（シエル）
発行――プランタン出版
発売――フランス書院
〒102-0072　東京都千代田区飯田橋3-3-1
電話(営業)03-5226-5744
(編集)03-5226-5742
印刷――誠宏印刷
製本――若林製本工場

ISBN978-4-8296-6641-8 C0193

落丁·乱丁本は当社営業部宛にお送りください。お取替えいたします。
定価·発行日はカバーに表示してあります。

ティアラ文庫

Tia6619

♥ 好評発売中! ♥

原稿大募集

ティアラ文庫では、乙女のためのエンターテイメント小説を募集しております。
優秀な作品は当社より文庫として刊行いたします。
また、将来性のある方には編集者が担当につき、デビューまでご指導します。

募集作品

H描写のある乙女向けのオリジナル小説(二次創作は不可)。
商業誌未発表であれば同人誌・インターネット等で発表済みの作品でも結構です。

応募資格

年齢・性別は問いません。アマチュアの方はもちろん、
他誌掲載経験者やシナリオ経験者などプロも歓迎。
(応募の秘密は厳守いたします)

応募規定

☆枚数は400字詰め原稿用紙換算200枚〜400枚
☆タイトル・氏名(ペンネーム)・郵便番号・住所・年齢・職業・電話番号・
　メールアドレスを明記した別紙を添付してください。
　また他の商業メディアで小説・シナリオ等の経験がある方は、
　手がけた作品を明記してください。
☆400〜800字程度のあらすじを書いた別紙を添付してください。
☆必ず印刷したものをお送りください。
　CD-Rなどデータのみの投稿はお断りいたします。

注意事項

☆原稿は返却いたしません。あらかじめご了承ください。
☆応募方法は郵送に限ります。
☆採用された方のみ担当者よりご連絡いたします。

原稿送り先

〒102-0072　東京都千代田区飯田橋3-3-1
プランタン出版「ティアラ文庫・作品募集」係

お問い合わせ先

03-5226-5742　　プランタン出版編集部